Ernst Wiechert

Hirtennovelle

Der brennende Dornbusch

Zwei Erzählungen

Ernst Wiechert: Hirtennovelle / Der brennende Dornbusch. Zwei
Erzählungen

Hirtennovelle:
    Erstdruck: München, Langen-Müller, 1935.
Der brennende Dornbusch:
    Erstdruck: 1945

Neuausgabe
Herausgegeben von Karl-Maria Guth
Berlin 2021

Der Text dieser Ausgabe wurde behutsam an die neue deutsche
Rechtschreibung angepasst.

Umschlaggestaltung von Thomas Schultz-Overhage unter Verwendung
des Bildes: John Opie, Ein Hirtenjunge

Gesetzt aus der Minion Pro, 11 pt

Die Sammlung Hofenberg erscheint im Verlag
Henricus - Edition Deutsche Klassik GmbH, Berlin
Herstellung: Books on Demand, Norderstedt

ISBN 978-3-7437-4110-2

Bibliografische Information der Deutschen Nationalbibliothek:
Die Deutsche Nationalbibliothek verzeichnet diese Publikation in der
Deutschen Nationalbibliografie; detaillierte bibliografische Daten sind
im Internet über www.dnb.de abrufbar.

Hirtennovelle

Seinen Vater erschlug ein stürzender Baum um die Mittagszeit eines blauen Sommertages. Ihm allein war bestimmt, vom Rande der Lichtung aus zuzusehen, wie der Wipfel der hohen Fichte zu beben begann und wie sie, ohne hin und her zu schwanken wie sonst, sich plötzlich einmal um sich selbst zu drehen schien, ganz schnell, mit waagerecht kreisenden Zweigen, bevor sie niederbrauste gleich einem aus den Fundamenten geworfenen Turm und mit dem Donner ihres Sturzes den leisen Schrei verschlang, der zu ihren Füßen aufstand gegen das niederbrechende grüne Gebirge.

Die Lippen halb geöffnet, an denen der Saft der Heidelbeeren noch nicht getrocknet war, stand das Kind, dem Anblick des Gewaltigen hingegeben, und erzitterte mit der Erde, auf der es mit bloßen Füßen stand, bis die Wolke aus Blütenstaub im leisen Wind waldeinwärts gezogen war und das Grün und Ungeheure nun regungslos quer über die Lichtung geschleudert lag.

Es wunderte sich nicht, dass der Vater nicht zu sehen war, dessen Kraft und Kühnheit dies vollbracht hatte, und auch nicht der andere Mann, den sie den »Soldaten« nannten und der mitunter die Schneide der Axt an die Schulter legte, den langen Stiel gleich dem Lauf eines Gewehres auf sie gerichtet, wozu er auf eine erschreckend täuschende Weise Schuss auf Schuss mit den Lippen auf ihre zerstiebende Schar schleuderte. Und da das Kind Michael diesem verderbenbringenden Gewehrlauf niemals auswich, sondern mit furchtlosen Augen sein frühes Ende erwartete, hatte der »Soldat« es tief in sein Herz geschlossen und ihm eine große Laufbahn als General geweissagt.

Erst nach einer Weile, sich vorwärtstastend in der grünen Wildnis gesplitterter Äste, fand das Kind den Vater und den Soldaten. Den einen still auf dem Rücken ruhend, die Axt noch in den Händen, einen schmalen roten Strich zwischen den Lippen, obwohl keine Beeren in dem zerschlagenen Moos zu erblicken waren. Den andern auf dem Gesicht ruhend, die Arme ausgebreitet, indes ein Fichtenast, stark wie ein junger Baum, sich über seinen Rücken gelegt hatte, der merkwürdig flach und wie verwelkt unter dem rötlichbraunen Joch erschien.

Eine Weile suchte das Kind noch nach dem Stiel der Axt, aus dem der Soldat den Tod auf sie zu schicken pflegte, fand ihn aber nicht, stellte den blauen Paartopf mit Suppe und Fleisch in den Schatten des gestürzten Stammes und setzte sich dann bei seinem Vater nieder, in Geduld erwartend, wie dies seltsame Versteckspiel nun zu Ende gehen würde.

Über die zur Erde geneigte Stirn des Toten senkte sich, auf eine wunderbare Weise unversehrt, ein Stängel mit Glockenblumen, und von dem zartgeäderten Blau dieser Blüten ging der Blick des Kindes zu der erstaunlichen Weiße der beschatteten Stirn und wieder zurück. In dem grünen Haus, auf dessen Schwelle es saß, zitterten goldene Flecken der Sonne, die ihm hoch im Rücken stand. Aus den weißen Bruchstellen der Äste tropfte schon mit starkem Geruch hellgelbes Harz, und der Leib einer Eidechse glitt schimmernd, mit atmenden Flanken, an den Händen des Vaters vorbei. Und nach einer Weile, indes der Ruf des Pirols mit süßer Eintönigkeit über den Wald gefallen war, wusste das Kind sich nichts Besseres, als es den beiden Großen nachzutun, die Augen halb zu schließen und in einen dämmernden Schlaf zu gleiten, aus dem ja wohl einer von ihnen, des Spiels müde, zuerst in das alte Leben wieder treten würde.

Das Kind erwachte von einem leisen Stöhnen, das tief unter den Ästen zu wohnen schien. Es war der Soldat, unverändert in seiner Haltung. Das Stöhnen klang, als habe er den Mund voller Erde und als werde er niemals mehr imstande sein, jenen hellen und scharfen Ruf des Todes mit seinen Lippen zu erzeugen. Aber noch bevor das Kind aus der Wirrnis zerrinnender Träume und der Ahnung eines dunklen Grauens sich zu erheben vermochte, sah es, wie es an Schlafenden oft gesehen hatte, dass die kleinen dunklen Waldfliegen sich um das Gesicht des Vaters zu schaffen machten und dass sein Schlaf zu tief sein musste, als dass er mit einer Bewegung seiner Lider sie aus den Augenwinkeln hätte verscheuchen können.

Hier, und zwar zum ersten und zum letzten Male, schluchzte das Kind einmal auf, dumpf berührt von einer Ahnung der Kreatur, brach dann zwischen den Fichtenästen einen schon welkenden Lindenzweig und saß dann Stunde um Stunde, die Blätter über den Augen des Vaters hin und her führend, indes das Stöhnen des Soldaten eintönig und regelmäßig aus der Erde zu rufen schien.

Es war dem Kinde wohl bewusst, dass es gut sein würde, zu den grauen Hütten des Dorfes zu laufen, die Mutter oder einen der Großen anzuhalten in ihrem Tagwerk und ihnen zu sagen, dass hier im Walde zwei Männer unter einem Baume lägen, nicht schlafend und nicht wachend, und dass der Soldat wohl nicht imstande oder willens sei, die Axt an die Schulter zu legen und aus seinem Munde Schuss auf Schuss unter die Feinde zu senden.

Es war dieses dem Kinde in seiner Hilflosigkeit so wohl bewusst, dass es ein paarmal aus seiner grünen Höhle heraustrat und über die Lichtung hinweg nach dem Rande des Moores blickte, der mit gekrümmten Kiefern bläulich vor dem weißen Himmel stand. Doch wenn es sich dann mit einem letzten Abschiedsblick zurückwandte, sah es die dunklen Waldfliegen wieder um die Augen des Vaters schwirren, und es schien ihm nicht erlaubt, diese stillen Augen der fremden Zudringlichkeit preiszugeben. So kehrte es jedes Mal wieder in sein dunkles Haus zurück, in dem die Sonnenbalken nun schon flacher lagen, fuhr in seiner eintönigen Tätigkeit fort und wehrte sich mit zusammengezogenen Augenbrauen gegen das wachsende Gefühl kalter und gänzlich hoffnungsloser Verlassenheit.

Erst in der Abenddämmerung fanden sie die beiden Männer und das Kind. »Die Fliegen«, sagte Michael, um das Geschehen befragt. »Es musste einer dableiben, um die Fliegen zu verjagen.«

Sie hoben den Toten und den Sterbenden auf, dem der Fichtenast das Kreuz gebrochen hatte, flochten zwei Bahren aus grünen Ästen und kehrten in das Dorf zurück, in dem alle Türen offen standen und in dem das Vieh an den Ketten brüllte, als wittere es den kühlen Hauch des Todes.

Michael war sechs Jahre alt, als dies geschah, und die Achtung der Großen und seiner Altersgenossen fiel ihm unverlangt zu, weil er als ein tapferer Wächter im Haus des Todes gesessen hatte. Doch half ihm das nicht weiter bei dem Irdischen seines Lebensweges, als dass man ihn frühzeitig auf Posten stellte, die man solcher Jugend sonst nicht überwies, hinter die Pferde des Göpelwerks etwa, oder zu einer Kuh, die kalben sollte, oder zu Kindern, die man allein lassen musste, wenn der Markt oder die Ernte alle Großen aus einem Hause rief.

Er tat das alles, wie man von ihm als einem früh Geprüften und Bewährten erwartete: still, wachsam, umsichtig und mit einer ernsten

Würde, die niemals lächerlich war. Seine Mutter, klein, gebeugt, aber unzerbrechlich wie eine Weidenrute, verdiente gleichsam laufend ihr Brot, konnte pflügen und Pilze trocknen, Märchen erzählen und Träume deuten, predigen und Gesichte haben, Neugeborene und Tote waschen, und vor ihrer furchtlosen Tüchtigkeit erschien die bittere Armut der Hütte nicht als ein Herr, sondern als ein Gesinde, das man behalten oder entlassen konnte, wie es einem beliebte.

»Der Lehrer«, konnte die Mutter mit ihrer anspruchsvollen Philosophie zu Michael sagen, »der Lehrer, siehst du, hat ein Gehalt und einen Stock. Und der Förster hat ein Gehalt und ein Gewehr. Aber der Lehrer kann nicht Förster sein, sonst würden die Hasen lachen, und der Förster kann nicht Lehrer sein, sonst würden die kleinsten Rotznasen lachen. Sie sind beide zu dumm, um etwas anderes zu sein. Du aber musst so viel lernen, dass du alles sein kannst, auch ohne Stock und ohne Gewehr. Hier innen muss man alles haben, siehst du, Stock und Gewehr und Talar und Siegel. Und als Saul auszog, um eine Eselin zu suchen, fand er eine Königskrone!«

Nun schien es zwar Michael, der am Herde saß und einen Löffel schnitzte, als gebe es wenig Aussicht für ihn, eine Königskrone zu finden, und er wusste auch nicht genau, was er mit einer goldenen Krone auf dem Kopf hinter dem Göpelwerk hätte beginnen sollen, aber wenn er gutmütig und mit freundlicher Nüchternheit aus der Philosophie seiner Mutter ausstrich, was er die »Lämmerschwänze« nannte – denn an den grauen, runden und behaglich geschlossenen Formen dieser Tiere erschienen die Schwänze ihm als ein vergessener oder angeklebter Zierrat –, so blieb immer noch manches übrig, was ihn an seinen Vater erinnerte, an seine hellen, wachen und furchtlosen Augen, seine schnellen, nie verlegenen Hände, seine nie betroffene Rede, seinen Gang, der wie ein Frühlingswind war, und aus seiner Erinnerung stieg, schweigend bewahrt, das Bild des fröhlichen Toten auf, der unter dem schweren Feind erschlagen lag, indes der Gefährte, den Mund voll Erde, nicht mehr imstande war, mit Axtstiel und Lippen den plumpen Sieger in eine schmähliche Flucht zu schlagen.

»Michael, einer Witwe Sohn«, hatte der Lehrer feierlich vor sich hin gesagt, als er die Namen der Jüngsten in sein großes Buch geschrieben hatte, und somit einen gleichsam alttestamentlichen Glanz um die Stirn des Ärmsten der Klasse gelegt. Doch schien dieser damit sich zufriedenzugeben und vorläufig nicht nach höheren Dingen, einer Königskrone zum Beispiel, zu verlangen. Er lernte, wie das Gesetz es befahl, Buchstaben und Silben, Sprüche und Einmaleins, aber es kamen keine frühen Psalmen aus seinem Munde, und nach dem tieferen Sinn der Geschichte von David und Goliath befragt, erwiderte er trocken und sachlich, dass jener Hirtenjunge sehr wahrscheinlich eine Schleuder aus Haselnussholz gehabt habe, weil dieses zugleich am zähesten und am biegsamsten sei und den Stein zwischen den aufgespaltenen Enden lange genug halte und auch rechtzeitig genug fliegen lasse. Zu treffen aber sei eine Kunst, zu der man nicht David zu heißen brauche.

Diese Erklärung, wiewohl ohne Hochmut vorgetragen, erregte einiges Aufsehen, weil hier ein Kind eines armen Moordorfes von einem Hirten und König und Psalmensänger wie von ihresgleichen sprach, und auch der Lehrer schüttelte mit sanfter Missbilligung den grauen Kopf, gab zu bedenken, dass es doch wohl nicht zuerst auf die Holzart ankomme, und war erst wieder zufrieden, als Christoph, der Sohn des Schulzen, mit vor Ehrfurcht bebender Stimme sehr laut erklärte, dass es auf den Geist Gottes ankomme, der einen Streiter erfülle oder nicht erfülle. Und als die ganze Klasse im Chor, von der Hand des Lehrers geleitet, nach damaliger Sitte das Gefundene wiederholte, dass es auf den Geist Gottes ankomme, der einen Streiter erfülle oder nicht erfülle, sprach Michael diese Wahrheit mit, ebenso ernst wie die anderen, und auch in der großen Pause, als Christoph von vielen umstanden und bewundert wurde, äußerte er keinen Widerspruch, sondern aß von seinem trockenen Schwarzbrot, indem er mit den nackten Zehen seines rechten Fußes den Namen des großen Streiters in den Sand des Schulhofes schrieb.

Auch schien ihm vom Schicksal, wie allen Ärmsten in Moordörfern, vorbezeichnet zu sein, den Weg seines Lebens dort zu beginnen, wo auch Saul oder David ihn begonnen hatten, wenn auch auf keine Weise zu erwarten war, dass das Ende dieses Weges zu einer Königskrone führen würde. Er begann, wie die Gesetze eines Dorfes vorschrieben, mit den Gänsen als den am geringsten Geachteten und am leichtesten zu Bewahrenden. Er entnahm von der hochmütig geleugneten Klugheit dieser Tiere vieles, was ihm bei folgenden höheren Ämtern nützlich werden sollte, wurde mit ihnen zu Hause in der Welt der Wiesen, der Tümpel, der mageren Stoppelfelder, erkannte zwischen ihnen auf dem Rücken liegend, zum ersten Mal Form und Herrlichkeit der Wolken und gewann, ein Kind an Jahren, die frühe Bruderliebe zum stummen Geschöpf und die stille Sicherheit derer, die in jungen Jahren zum Hüten und Bewahren berufen werden, gleichviel ob ihren einsamen Händen Gänse oder Völker überantwortet sind.

Endete die schöne, unter Wolken und Winden verrauschende Zeit, schnitt um Martini der erste Todeslaut der von ihm Gehüteten ihm bitterlich ins Ohr, so nahm er Abschied von der königlichen Freiheit seines einsamen Amtes, kehrte wie ein lang Gereister zum kümmerlichen Herdfeuer des mütterlichen Hauses zurück, schnitzte Löffel und Quirle, Tiere und Tierfallen, las mit strengen Augen in der Geschichte der Erzväter, lauschte den dunklen, etwas gewalttätigen Märchen und Legenden seiner Mutter, hörte zu, was der Lehrer vortrug, widersprach mitunter, schwieg häufiger, und erhob sich mit den ersten Frühlingswinden aus dem trüben Kreis von Herdrauch, Legenden, Schulweisheit, Hunger und Verlorenheit zu der Weite und Freiheit tätigen Lebens, etwas magerer, etwas blasser als zuvor, aber mit wachsender Sicherheit, als habe der Winter ihn mit einem Zauberwort versehen, das nur ihm allein im ganzen Dorf bekannt sei.

Als Michael zwölf Jahre alt war, übertrug das Dorf ihm die Hut der gesamten Herde. Die Herde war so klein und ärmlich wie das Dorf, aber sie übertraf es an Buntheit und Vielfalt der Erscheinung. Da waren Kühe und Kälber, und ihre Farben wie ihre Formen schienen aus allen Rassen der Welt in das stille Moordorf gekommen zu sein. Aber da waren auch Schafe, graue, geduldige Wesen, die aussahen, als seien sie aneinandergeleimt und würden nun, auf unsichtbaren Rädern, von einer geheimnisvollen Hand hin und her geschoben. Und auch Ziegen waren da, mit Bärten gleich Baumflechten und klugen Augen, die spöttisch oder verträumt aussehen konnten und die den neuen Hirten mit einer kühlen Überlegenheit musterten.

Der Glanz des Dorfes aber, der König gleichsam über ein vielsprachiges Reich, war der Stier, der einen Ring in der Nase hatte und den der Schulze mit unerklärlichem Eigensinn gegen die Meinung des ganzen Dorfes »Bismarck« nannte.

Der Schulze, mit einem angeborenen Sinn für Feierlichkeit, hatte angeordnet, dass zur Übertragung des alten Amtes auf den jungen

Hirten die ganze Herde auf dem Schulzenhof versammelt werde, damit er so das Lehnsamt vor den Augen des Volkes auf die Schultern seines jüngsten Vasallen legen könnte. Und da Menschen und Tiere diesem Ruf gehorsam gefolgt waren, so war zwischen den grauen Gebäuden und verfallenden Zäunen gleichsam eine ganze Schöpfungsgeschichte dargestellt, und vom alten Torfjohann bis zur jüngsten Ziege, beide auf etwas schwankenden Gliedern, fehlte kein Lebewesen dieser ärmlichen und etwas bedrückten Welt, die den Frühlingsanfang nach alter Weise mit dem Viehaustreiben zu feiern gedachte.

Es war kein Zweifel, dass in der erfüllten Enge des Hofraumes zwei Gestalten sich hoch über die niedere Menge erhoben, durch Rang und Amt wie durch das Bedeutende ihrer Erscheinung gleichmäßig ausgezeichnet: die des Dorfschulzen und die des Stieres Bismarck. Jener hoch und ragend wie ein Heufuder, mit schweren Gliedern und dem misslingenden Bestreben, königlich aus kleinen, rot geäderten Augen zu blicken, dieser schwer und breit, mit einem verborgenen Trotz der Seele, ein Sklave gleichsam, der doch schon leise und gefährlich an seinen Ketten rüttelt.

Und wenn dieser König der Ställe und Heiden auch gleich einem afrikanischen Häuptling durch einen Nasenring ausgezeichnet war, so hatte der Gegenkönig im Menschengeschlecht nichts Geringeres, was ihn hoch über seinesgleichen hob: einen goldenen Zahn, den er durch eine leise Senkung der Unterlippe sichtbar machen konnte und sichtbar zu machen liebte und der in den Gesprächen des Dorfes lange Zeit eine bedeutsame Rolle gespielt hatte. Denn es hatte weder an Stimmen gefehlt, die diese Vergoldung menschlicher Natur ein sichtbares Zeichen göttlichen Willens nannten, noch an solchen, die darin einen Fallstrick des Teufels erblickt hatten, und der alte Täuferjohann, so genannt wegen seiner Zugehörigkeit zur Baptistengemeinde, war in sektiererischem Zorn so weit gegangen, dass er sehr deutliche Vergleiche zwischen dem Schulzen Christoph und der »großen Hure Babylon« gezogen hatte. Doch hatte dann die Gewohnheit sich auch mit diesem Seltsamen abgefunden, ja es war ein leiser Stolz auf diesen fast gemeinsamen Besitz zurückgeblieben, ähnlich wie auf ein wundertätiges Bild oder auf eine graue Reliquie, und auf Jahrmärkten, bei beginnenden Kämpfen zwischen Dorf und Dorf, konnte es geschehen, dass wie in kindlichen Streitgesprächen die Untertanen des großen Christoph als einen höchsten Trumpf den Gegnern die Tatsache in die Gesichter schleuderten, dass ihr Schulze einen goldnen Zahn besitze und dass es somit sinnlos und gänzlich verblendet sei, sich mit einem solchen Dorfe messen zu wollen.

Während dieser König des Dorfes nun feierlich von der Bedeutung des Hirtenamtes sprach, auch nicht vergaß, die Geschichte der Erzväter und ihrer wunderbaren Erhöhungen zu erwähnen, während auf der anderen Seite der Stier Bismarck mit unlustig gesenkten Hörnern und unruhigen Vorderfüßen diese Rede über sich ergehen ließ und mehr Augen auf sich zog als der schimmernde Mund des Redenden, umkreiste der kleine Michael, unbekümmert um die Worte und Taten der beiden Großen, einmal ruhig und prüfend seine Herde, legte einmal hier und einmal da seine braune Hand auf ein matt glänzendes Fell oder in graue ungeschorene Locken, beugte sich dann zu dem Hunde nieder, der wie ein in Gram gealterter Wolf aussah und Wotan hieß, rieb ihm ein wenig Speichel an die kühle und misstrauische Nase, sagte ein leises Wort zu ihm und begann dann, den Stier zwischen den Hörnern zu streicheln und die andere Hand um seine rauen Lippen zu legen. Und als der Schulze, etwas verwirrt durch diesen Anblick, seine Rede vorzeitig schloss und dem jungen Hirten als ein Zeichen seines Amtes die lange Peitsche und das Rinderhorn überreichte, hatte dieser schon in seiner stillen, bewährten Art die ihm zukommende Herrschaft angetreten, winkte dem Sohn des Schulzen, das Tor zu öffnen, knallte einmal über die versammelte Gemeinde hin, einen musterhaft flachen und scharfen Peitschenknall, und verließ dann mit der sich drängenden Herde den Hof, als habe er zeit seines langen Lebens auf ungeheuren Pampas Tausende von wilden Geschöpfen gehütet, gebändigt und sich untertan gemacht.

Seine Mutter, wie alte, einsame und gehetzte Frauen zu tun pflegen, weinte noch ein wenig vor Stolz und Ergriffenheit, den anerkennenden Worten des Schulzes nicht ohne Würde zuhörend, als Michael schon am Rand des Moores dahinschritt, hinter einer frühen Staubsäule des sandigen Weges, die Herde vor sich, vom Hunde umkreist, von der Jugend des Dorfes ehrfürchtig gefolgt, und so von ferne einem der königlichen Hirten nicht unähnlich, von denen eben die Rede gewesen war und die nun jetzt wie vor Jahrtausenden in eine fremde Wüste auszogen, um Weide und Brunnen zu finden und in den Nächten zu den hohen Sternbildern aufzublicken, zwischen denen die Verheißung geschrieben stand, die der Gott der Hirten über die Stirn eines von ihnen als eine feierliche Gewissheit ausgesprochen hatte.

Schon in diesem ersten Sommer des neuen Amtes war Michael eine der Prüfungen bestimmt, die, so gering sie ihrem äußeren Geschehen nach sein mögen, doch für alle einem öffentlichen Urteil Ausgesetzten Sieg oder Niederlage, ja für alle von einem tiefen Ehrgefühl Erfüllten Tod oder Leben bedeuten. Gegen dieses am Rande der Wälder drohend aufsteigende Schicksal war alles bis dahin Erworbene und Bewahrte ein schaler Gewinn: dass die Herde jeden Abend gesättigt heimkehrte wie nie zuvor und Milch spendete wie nie zuvor; dass die Bremsen sie nicht zerstreuten; dass Blitz und Donner sie nicht in alle Winde zersprengten; dass der Stier Bismarck seines von der Natur gewollten Amtes getreulich und erfolgreich waltete und sich gegen seinen einge-setzten Herrn nicht empörte; und dass keine Anzeigen wegen Hütens auf verbotener Weide einliefen.

Denn das Schicksal, von dem die Rede ist, betraf nicht Ruhe und Ordnung der Herde, sondern die Grundlagen ihres Daseins und somit das Dasein des Dorfes überhaupt. Es betraf die fruchtbare und immer feuchte und würzige Waldweide, die einzige in weiter Runde, die Oase gleichsam in unendlicher Moor- und Heidewüste, den Trost aller milchbedürftigen Kinder und Geschöpfe in dürren Sommern.

Zwar galten die Gerechtsame dieser Waldhütung auch für das Nachbardorf, aber Gewohnheit und das heilige Gesetz der größeren Zahl hatten seit undenklichen Zeiten diesen Platz für Michaels Dorf allein bestimmt, und wiewohl Streitgespräche und Schlachten an dieser heiligen Ordnung mehrmals zu rütteln versucht hatten, so war das Dorf doch immer Sieger geblieben, und in seiner Geschichte war der Waldgrund mit keinem geringeren Glanz erfüllt als die trojanische Ebene oder die Katalaunischen Felder in der Geschichte großer und dahingesunkener Völker.

Auf diesem geheiligten und gleichsam blutgedüngten Boden nun erschien eines Morgens der junge Hirt des Nachbardorfes, ein langer, pockennarbiger Geselle, mit eng zusammenstehenden Augen, der »Laban« genannt wurde, womit in jener Landschaft aus unbekannten Gründen ein hochaufgeschossener und in seinen Gelenken noch nicht gefestigter Mensch bezeichnet wurde. Er erschien in einem Gewand, das wie zerfallende Borke aussah, hatte einen Stab mit Kettenringen in der Hand, die man, entgegen dem Gesetz, auf widerspenstige Kühe schleudern konnte, und war Herr über einen grauen Hund mit einem Auge und über eine Herde, in der Zusammensetzung der Michaels ähnlich, wiewohl ohne einen Stier mit dem Namen eines Reichskanzlers und ohne jeden Anspruch auf Schönheit, Wohlgenährtheit oder Adel der Rasse.

Laban also erschien ohne Ankündigung oder Verhandlung plötzlich am Rande des Waldes, vor seiner Herde, was allein schon ein Zeichen unedler Gesinnung war, die Hände in den Taschen, den Kettenstock an seinen mageren Körper gedrückt, einen Grashalm im Munde. Es traf sich so, dass Michael gerade im Begriff war, aus dem Wipfel einer Fichte abwärts zu steigen, wo er geprüft hatte, ob der vorjährige Horst eines Hühnerhabichts wieder bewohnt sei, und dass er somit unbewaffnet war. Er erkannte erst aus Wotans Knurren die Nähe einer Gefahr, schob einen Ast zur Seite und blickte aus der Höhe in das emporgerichtete Gesicht des alttestamentlichen Namensträgers hinab, dessen Urvater mit allen bedenklichen Charaktereigenschaften ihm aus der Geschichte der Erzväter wohlvertraut war.

Selbst für Christoph, den König des Dorfes, würde es schwer gewesen sein, so zwischen Himmel und Erde das Passende an Wort oder Tat zu finden, auch wenn das Schicksal ihn durch einen goldenen Zahn über alles Volk erhoben hatte. Für Michael aber, »einer Witwe Sohn«, durch nichts ausgezeichnet als durch Jugend und frühe Berufung, ergab sich kein andrer Vorteil als das Recht der Geschichte und die räumliche Erhabenheit seines Standpunktes. Auch übersah er ohne Schwanken die Folgen dieser Begegnung und erkannte mit früher Verantwortung, dass für sein Dorf nur in der besten Rüstung gekämpft werden dürfe, dass somit Zeit gewonnen werden müsse, weil ja, nach seiner früher geäußerten Meinung, der »Geist Gottes« nicht ganz ausreichen würde, um die Geschichte dieses Schlachtfeldes siegreich weiterzuschreiben.

Stieg also ruhig am Stamm der Fichte herunter, rief Wotan herbei, nahm die Haselnussschleuder aus dem verfallenen Rüsselkäfergraben, sah Laban an und fragte schon im Fortgehen: »Du willst es also darauf ankommen lassen?« Und als dieser, den Grashalm hörbar ausspeiend, nur verächtlich grinste, als erübrige sich jede Antwort auf eine so dumme Frage, ja als sei es der Würde eines labanlang aufgewachsenen Hirten überhaupt unangemessen, mit einem Nebenbuhler dieser Beschaffenheit anders als durch Zeichen zu sprechen, sah Michael ihm furchtlos prüfend zwischen die engen Augen, sagte leise: »Also morgen früh … und vergiss nicht, noch einmal zu deinem Pfarrer zu gehen!« und wandte sich dann zu seiner Herde, die er langsam in den Wald hineintrieb, als wolle er vor der feierlichen Entscheidung keinen Teil an seinem Gegner haben.

Dieser, im Geistigen nicht ganz seiner Körperlänge entsprechend gewachsen, blieb etwas verblüfft zurück, gleichermaßen von der Ruhe seines Feindes wie von dessen seltsamen Abschiedsworten betroffen, und begnügte sich damit, seine Herde den Tag über am Rande des Waldes zu weiden, wobei er vergeblich zu enträtseln versuchte, was der Hinweis auf den Pfarrer zu bedeuten habe.

Indessen verbrachte Michael den Tag in der Tiefe des Waldes an einer Kiesgrube, aus der er eine Menge glatter und runder Steine sorgfältig auslas und in seiner Hosentasche sammelte. Und nachdem er viele Male mit seiner Haselnussschleuder, die Entfernung immer wechselnd, den hellen Fleck einer Buche mustergültig getroffen hatte, kehrte er am Abend mit unverändertem Gesicht in das Dorf zurück, lieferte jedes Stück seiner Herde an dem vorgeschriebenen Hoftor ab, zuletzt den Reichskanzler mit seiner unmittelbar ergebenen Schar, saß wie sonst schnitzend auf der abendlichen Schwelle und hob nur einmal den Kopf, um seine Mutter zu fragen, ob es wahr sei, dass, wer Menschenblut vergieße, auch sein eigenes Blut vergießen müsse.

Natürlich schrie die Mutter auf, wie Dorffrauen aufzuschreien pflegen, leise und hoch wie ein Huhn unter dem Habicht, aber ihre entsetzte Frage wurde von Michael abgeschnitten, indem er weiterfragte, ob dies Gesetz denn auch für den Krieg gelte? Und dies konnte die Mutter beruhigt verneinen und auch die lange Geschichte von den gefangenen Franzosen daran knüpfen, die zu Kaiser Wilhelms des Großen Zeiten die Brücke über das Fließ gebaut hätten und die zu ihr als einem flinken und aufgeweckten Kinde Cherie gesagt hätten, wovon der Krüger in der Lagerkantine, als ein böser und spottlustiger Mann, behauptet habe, dass es eine Weinsorte bedeute.

Aber Michael lächelte nur zerstreut, ließ die Fallentür, an der er arbeitete, prüfend zuschlagen und ging dann noch einmal zu den

Wiesen hinunter, wo er drei Maulwürfe fing, die er, schon im Dunklen, dem Hund als Kriegsnahrung in die Hütte trug. Damit meinte er, an diesem Tag alles vor dem Gott des Krieges Notwendige getan zu haben, und schlief ein wie sonst, die Hände über der Brust gefaltet, indes seine Mutter noch Kräuter über dem Herde kochte, als rüste auch sie, wie eine Mutter lang verschollener Zeiten, das Ihrige für den kommenden Tag.

Tau lag auf den Gräsern, und die frühe Sonne stand noch tief und rot über dem Moor, als die Herden und ihre Führer am Rande des Waldes aufeinander stießen. Laban trug keinen Grashalm mehr zwischen den Lippen, und auch seine Sorgen wegen des Pfarrers schienen vergangen zu sein, aber seine Kriegserfahrung reichte nicht aus, um zu bemerken, dass Michael ihm zunächst die Sonne abgewann, um von ihr nicht geblendet zu werden. In dumpfer Kenntnis primitiver Kriegführung versuchte er, mit homerischen Streitgesprächen die Feindseligkeiten zu eröffnen, indem er fragte, ob dieser Sohn einer Hure die Absicht habe und bereit sei, an seinem steifen Arm zu verhungern? Und obwohl Michael die Bedeutung des Schimpfwortes nicht verstand, fühlte er doch, dass seine Mutter hier auf eine unedle Weise von unedlen Lippen geschmäht wurde, und ohne ein Wort der Entgegnung hob er die Schleuder und traf die vorderste Kuh aus Labans Herde so hart in die Flanke, dass sie mit dumpfen Gebrüll in die Höhe sprang und durch die bestürzte Herde den vertrauten und offenen Raum der Heide gewann.

Bei diesem unvermuteten Angriff verlor Laban den Faden seines mühsam erbrüteten Schlachtplanes, hob den Stock und schleuderte mit einem Fluch die Kettenringe gegen die Brust des Gegners. Und noch während Michael auswich, hetzte er mit einem kurzen Wort den einäugigen Hund, die Waffe wiederzuholen, indes er eine zweite Eisenschleuder aus der Hosentasche holte und sie auf den Stock streifte.

Im nächsten Augenblick rannte Wotan den Einäugigen aus der Flanke über den Haufen, und während Laban, von Neuem aus der Bahn seiner Pläne geworfen, vorwärts stürzte, um den ebenerdigen Kampf zu seinen Gunsten zu beenden, traf ihn der runde Stein aus Michaels Schleuder so genau und verderblich gegen das rechte Schienbein, dass er, wie abgeschnitten im Lauf, vornüberstürzte und mit einem ungeheuerlichen Fluch seinen Mund mit Erde erfüllte.

14

Michael hat später nur widerwillig von dieser Schlacht auf den Katalaunischen Feldern gesprochen, und seine Erzählung hat sich auf die nüchterne Wiedergabe der einzelnen Handlungen beschränkt. Niemals aber hat er, auch nicht vor seiner Mutter, bekannt, dass in diesem Augenblick, ohne sein Zutun, das Bild des gestürzten Baumes vor ihm aufgestanden sei, der die beiden Männer begraben hatte, von denen einer sein Vater gewesen war. Und dass dieses Bild, sowenig einer der Männer dem eben gefällten Hirten geglichen habe, ihn mit aller Kraft desjenigen erfüllte, vor dem ein unvergängliches Bild seines Vaters leuchtete, und dass somit, ohne sein Wissen, das Wort des Schulzensohnes hier unter den hohen Kiefern eine unwiderstehliche Wahrheit gewonnen habe: dass es auf den Geist Gottes ankomme, der einen Streiter erfülle oder nicht erfülle.

Denn nun, als der Einäugige bereits hinkend und winselnd das Schlachtfeld verlassen hat und der unrühmlich Gestürzte sich langsam in die Knie hebt, mit der linken Hand in das Moos gestützt, indes die Rechte aus dem zerknitterten Stiefelschaft ein Messer zieht, trifft der zweite Stein, von ganz ruhiger Hand geschleudert, ihn zwischen die eng zusammenstehenden und nun böse veränderten Augen, schleudert ein Flammenmeer vor ihnen auf und beendet auf eine unwiderlegliche Weise die Schlacht, indem er den Getroffenen sanft auf die Seite legt und Bäume und Himmel vor ihm in einen dunklen Abgrund versinken lässt, während, mit unheimlicher Schnelligkeit wachsend, ein sich färbendes Mal zwischen den geschlossenen Augen erscheint, ohne viel Blut zu Michaels Beruhigung, aber in seiner Form und Größe unzweifelhaft beweisend, dass dieser Träger eines alttestamentlichen Namens für geraume Zeit aus der Reihe kämpfender und fremde Weidegründe begehrender Männer ausgeschieden sein wird.

Eine schöne Beute, die Michael in den Händen hält. Eine blitzende, scharfe, feststehende Klinge, ein glatter Hirschhorngriff, eine blanke, kurze Querstange. Eine königliche Waffe für jemanden, der gewohnt ist, eine abgebrochene Sichel zu einem kümmerlichen Messer zurechtzuschleifen.

Und nun zuerst die fremde Herde, die mit Wotans Hilfe und der Haselnussschleuder in alle Winde zersprengt wird, nachdem es mühsam gelungen ist, den Reichskanzler wieder in den Wald zu bringen, der das Seine zum Triumph beigetragen hat, indem er finster schweigend versucht hat, Entehrung und Gewalttat in das fremde Volk zu tragen.

Und dann einen Flechtkorb mit kühlem Grabenwasser über die Augen des Betäubten, eine Bewegung mit der Schleuder nach den ihm zustehenden Weidegründen und die hinkende, schwankende Spur eines Geschlagenen, die sich dunkel durch das betaute Gras aus dem Walde zieht.

Und dann das weithin hallende Lied des Rinderhornes, in alle vier Winde herrlich gesendet, ohne erlernte Melodie, ohne darunterliegende Worte eines in der Schule erlernten Liedes, aber nicht müder im Rhythmus als die Siegeslieder aller Zeiten, nicht geringer in der Seligkeit des sich darunter weitenden Herzens als der Jubel und Glanz jener Psalmen, die, in verschollenen Zeiten, am Rande versunkener Wüsten aus Herzen aufgestiegen waren, über denen, in Tagen der Kindheit, kein anderes Kleid geruht hatte als das Michaels, das dürftige, sonnen- und regengebleichte Kleid eines Hirten.

Das Echo steht in allen Waldgründen auf. Hörner, die Klang auf Klang einander zuwerfen, über Birkentäler und Fichtenwände hinweg, und wie ein feierlich Berauschter steht Michael auf seinem Hügel, schon nicht mehr Herr seiner Klänge, die Hände mit dem Horn in die rote Sonne gehoben, indes eine erste Woge großen und unbekannten Lebens ihn hoch hinaushebt über seine enge Dürftigkeit und durch fremde, unverständliche Tränen das Bild des Waldes vor seinen Augen verschwimmt, ein grünes, gestaltloses Meer, über dem eine herrliche Sonne steht und der brausende Glanz des ersten Siegerliedes.

Erst acht Tage später erfuhr das Dorf von dem neuen Blatt in seiner Geschichte, und es erfuhr es nicht durch Michael, sondern durch Labans Vater, der um die Abendzeit, etwas unsicheren Ganges, bei König Christoph vorsprach und nach wortreicher Einleitung die Rückgabe des Messers und ein angemessenes Schmerzensgeld für die Beule forderte, die groß sei wie ein Gänseei und blau wie ein Lupinenfeld. Acht Abende habe er seinen Leibriemen benutzen müssen, um die Wahrheit aus seinem Sohn herauszuprügeln, und wenn die Hochachtung vor Herrn Christoph ihn nicht verhinderte, so würde er auch für die Abnutzung des Riemens etwas Angemessenes fordern müssen, einen Scheffel Roggen etwa, oder mindestens doch ein junges Lamm, auch wenn es vielleicht nur eines mit fünf Füßen sei.

König Christoph, wiewohl aufs Äußerste bestürzt und gleichzeitig beseligt durch diese wortreiche und schnapsduftende Klage des Abgesandten eines geschlagenen Volkes, verzog die Unterlippe, um das Symbol seiner Macht leise glänzen zu lassen, und schickte dann, ohne den Seufzenden vorerst einer Antwort zu würdigen, seinen Ältesten hinaus, damit er Michael hole, dessen abendlicher Hornruf schon auf der Dorfstraße erscholl.

»Michael«, sagte König Christoph ernst und gemessen, »dieser Mann, Vater eines gewissen Laban, ist gekommen, um zu behaupten, dass du seinen Sohn böswillig überfallen und halb totgeschlagen hast, ihm auch ein Messer mit fester Klinge entwendet hast. Der Sohn Laban, behauptet er, habe eine Beule auf der Stirn, groß wie ein Gänseei und blau wie ein Lupinenfeld …, wenn ich auch nicht weiß, ob die Bewohner jenes Dorfes jemals in ihrem Leben eine Gans oder ein Lupinenfeld gesehen haben. Da doch jedermann weiß, dass jenes Dorf, sagen wir, ein nicht sehr wohlhabendes Dorf ist.«

Hier versuchte der Wergeldforderer einen schwächlichen Einwurf, wurde aber durch eine Handbewegung Christophs zum Schweigen gebracht.

Als sich aus Michaels kurzem, fast widerwilligem Bericht der Tatbestand in aller Klarheit ergeben hatte, erhob sich der Schulze mit nunmehr leuchtenden Augen. »Wir haben«, sagte er feierlich, »durch Gottes Weisheit zweierlei zugeteilt bekommen, damit die Landschaft nicht übermütig werde: einen Schulzen, der sich sehen lassen kann, und einen Stier mit Namen Bismarck. Wir haben nun ein Drittes dazubekommen, einen Hirten, der nach dem Willen Gottes aufgestellt ist gegen alle Kanaaniter! Wir hoffen, dass dazu nichts weiter zu sagen ist!«

Und mit einer großartigen Handbewegung wies König Christoph auf die Tür, durch die der Labanvater wortlos und den grauen Kopf verzagt schüttelnd hinausschlich.

Von diesem Tage an war Michael ein Held, wie ja in der Geschichte vieler Völker das Heldentum oft erst mit einer Beule beginnt, die auf der Stirn des Feindes anschwillt, während die Geschichte nichts von alledem zu sagen weiß, was dieser Beule vorangegangen ist oder abseits von solchen Taten in der Brust ihrer Söhne aufsteigt und milde leuchtet.

Es war nicht so, dass Michael nun etwa aus der Hand des Schulzen eine Krone empfing oder dass die Frauen des Dorfes sich zusammentaten, um einen Purpurmantel für ihn zu nähen. Und die Jugend des Dorfes, sosehr sie diesen Sieg als einen Sieg ihrer aller leuchtend empfand, war doch in den Gewohnheiten der großen Welt so unbekannt, dass sie nicht einmal auf den Gedanken verfiel, ihrem Helden einen Fackelzug zu bringen, womit ja sonst auf eine schöne und leuchtende Weise junge Herzen ihren Dank abzustatten pflegen. Und selbst der Vorschlag des Schulzensohnes, ihren Führer fortan »David« zu nennen, verlor nach anfänglicher Begeisterung der Zustimmung seinen bestechenden Glanz, weil ihnen rechtzeitig einfiel, dass auch der Hausierer der Landschaft so hieß, der mit Hosenträgern, Glasperlen und Zopfschleifen von Dorf zu Dorf wanderte, der auf dem linken Bein leider unverkennbar hinkte und nach seiner gesamten, durch den »Bauchladen« mitverschuldeten Haltung und Gestalt nicht so aussah, als würde er einen Kampf gegen Goliath oder auch nur Laban siegreich und heldenhaft bestehen.

Es blieb also im Äußerlichen, wie es gewesen war, und nur dieses kam häufiger vor, dass mitunter eine der Dorffrauen Michael über das helle Haar strich, wenn er ihre Kuh oder Ziege am Hoftor ablieferte, und dass mitunter einer der Männer, am Gartenzaun lehnend, ihn fragte, was er zum Wetter meine, und zu Michaels Antwort dann nachdenklich nickte, wobei er dann noch prüfend in die Abendwolken blickte.

Der Gefragte aber ging mit seinem stillen Gesicht weiter, die bloßen Füße im Staub der Straße, das Rinderhorn über der Schulter, die Schleuder in der braunen Hand. Es entging ihm nicht, was an Achtung, Zuneigung und Liebe ihm dargebracht wurde, aber seine Wünsche waren gering an Zahl und Bedeutung, und es half ihm wohl in dieser nicht ungefährlichen Zeit, dass er an jedem Morgen seine Herde an der Lichtung vorübertrieb, auf der er als Kind gesessen hatte, neben zwei sehr stillen Männern, von denen der eine den Mund voll Erde und der andere so stille Augen gehabt hatte, dass er mit einem Lindenzweig ihre Wehrlosigkeit hatte beschützen müssen.

Es war nun nichts mehr davon zu sehen. Weidenrosen schlugen über dem braunen Fichtenstumpf zusammen, neues Gras war über der Spur des Sturzes gewachsen, und nur der Pirol, verborgen im hohen Geäst, ließ noch immer sein goldenes Lied über die Zweige fallen, das nach dem Paradiese suchte, aber es niemals fand. Vor Michaels Augen aber hob sich das Vergangene an jedem Morgen von Neuem auf, ohne Trauer oder Angst, aber mit einer bewahrenden Feierlichkeit und Mahnung, als werde es ihm für immer verwehrt sein, allzu laut auf dieser Erde zu sein, die ihm am Beginn seiner Tage so viel Stilles gezeigt hatte.

Nur eines gewann er aus seiner ersten Menschenschlacht auf eine ihn tief beglückende Weise: die Freundschaft derjenigen seines Alters, die nach Geburt, Stand und Besitz sich hoch und fast unerreichbar über seine Demut erhoben, obwohl sie in Lebensart, Tätigkeit, Neigung und Abneigung nicht viel von ihm unterschieden waren. Die Gesetze des Dorfes und der Landschaft, sowenig sie auch berührt sein mochten von dem Lauf der großen Welt und ihren Maßstäben der Erhöhung und Erniedrigung, hafteten doch, wenn auch ungeschrieben, an Besitz und Macht, ja auch an dem, was das Volk unter Bildung und Vornehmheit zu verstehen meinte. Und wiewohl Christoph, der Sohn des Schulzen, und die beiden Förstersöhne und Adam, der Sohn des Gutsherrn, niemals verschmäht hatten, ihre Nachmittage bei Michael zu verbringen, gelehrige und dankbare Schüler in der Wissenschaft des Horstausnehmens, des Kreuzotterfanges oder der Krebsjagd, so würden sie doch niemals auf den Gedanken verfallen sein, ihren jungen Lehrmeister gleichsam aus der freien Wildbahn in das geschützte Gehege ihres eigenen Lebensraumes zu holen, ihm die Geheimnisse ihrer elterlichen Gärten und Stuben zu zeigen und auf den Sonntag ihres Lebens zu übertragen, was ihrem Alltag selbstverständlich war.

Nun aber, nach dem Glanz dieses Sieges, und mehr noch nach der stillen Würde, mit der Michael aus diesem Sieg hervorgegangen war, verlor das gemeinsame Leben der »Großen« der Landschaft mit ihrem niedrigsten Diener auch das Bedrückende einer heimlich geduldeten Herablassung, und wiewohl Michael nicht etwa zu einer festlichen Abendtafel im Gutshaus hinzugezogen wurde, was bei dem Zustand seines Hirtenrockes und jeglichem Mangel an passender Fußbekleidung auch seine Schwierigkeiten gehabt haben würde, so kam es doch vor, dass Adam mit sehr leuchtenden Augen einen »Gruß« von seinen Eltern ausrichten konnte, dass Friedrich und Wilhelm, die Förstersöhne, eine alte lederne Jagdtasche als »Ehrengabe« ihres Vaters überreichten und dass selbst Christoph, als ein noch ungekrönter Kronprinz und somit der Eifersucht am ehesten ausgesetzt, eine lächelnde Bemerkung über den dörflichen Goldzahn machen konnte, aus der sich ergab, dass er die Entschlossenheit und Gewandtheit einer kleinen, braunen und niedriggeborenen Faust für größer hielt als die Beredsamkeit eines leuchtenden Mundes und den Besitz eines Stieres mit historischem Namen.

Auch aus dieser Erhöhung eines Niedriggeborenen erwuchs für den so Beglückten kein Zwiespalt seines stillen Lebens. Es kam vor, je weiter sich Sommer an Sommer schloss, dass er still bei seinen Freunden sitzen und der frühen Weisheit ihrer höheren Schulen lauschen musste, zu der sie großartige Beschreibungen städtischen Lebens in unschuldiger Prahlerei zu fügen wussten. Und wiewohl mitunter ein wehmütiger Sprung durch den beschatteten Spiegel seines Daseins laufen wollte, so schob er dies doch mit einer Handbewegung zur Seite, sah in die veränderten Augen seiner Freunde und sagte dann lächelnd, dass ein Professor wohl ein großes Tier sein möge und sicherlich auch nützlich für das Bestehen der großen Welt, aber dass es wohl ein Spaß sein würde, ihn zum Beispiel vor »Bismarck« zu stellen, wenn es diesem einfiele, die Erde auf die Hörner zu nehmen, und ihm dann zu übertragen, ihn wieder in seinen dunklen Stall zu leiten. »Es muss wohl Professoren geben«, schloss er dann, »aber es muss wohl auch Hirten geben, und es müsste traurig auf einer Erde sein, die keine Hirten mehr brauchte …, ja, ich glaube, das müsste sehr traurig sein …«

Und dazu nickten die anderen dann ohne Widerspruch, und wenn man ihnen angeboten hätte, mit Michael zu tauschen, so würde keiner auch nur einen Augenblick gezaudert haben und bunte Schlipse, Mädchen und die Kenntnis lateinischer Oden mit verächtlichem Lächeln für die Kunst hingegeben haben, den Stein schleudern zu können wie Michael oder das Rinderhorn so in den Abendhimmel zu heben, dass selbst die Wolken vor den Klängen zu erglühen schienen, die sich vom Moorrand aufhoben über die selig widerhallende Welt.

Und diese vier Großen der Landschaft wurden allein auch von Michael für würdig befunden, teilzunehmen an dem, was außerhalb seines täglichen Berufes lag und was ein paarmal im Laufe des Sommers als ein hohes Fest sein strenges Leben unterbrach: am nächtlichen

Hüten der Pferde. Zwar hatte ein Dorf mit drei Höfen und zwei Kätnerstellen nicht gerade das aufzuweisen, was Adam als einen Traum vor seiner schwerfällig glühenden Seele sah, eine Herde wilder und stolzer Mustangs, mit einem Rappen etwa, gegen den der Winnetous nur ein unbeholfener und zurückgebliebener Bruder gewesen wäre. Das Dorf besaß nicht einmal ein Kutschpferd, ungewohnt aller ländlichen Fronarbeit, aber doch waren es fünfzehn Pferde und Fohlen, die auf dem Schulzenhof versammelt waren, und über ihren glänzenden und warmen Leibern lag nicht der kümmerlich eingeengte Duft eines Moordorfes, sondern der große und wilde Geruch endloser Prärien, und wenn sie die Köpfe hoben und die zart geäderten Ohren aufstellten und die feuchten Nüstern über den Abendrauch der Höfe hinaus in die Ferne witterten, so war das nicht die Ferne der nahen Seeufer oder der kühlen Waldränder, sondern die Ferne eines Erdteils, über dem eine blutrote Sonne unsäglich einsam versank und an dessen Rand die großen Taten der Helden standen, und der Glanz des Ruhmes, und der bleiche Schein einsamen und unvergänglichen Todes.

Um die Nachmittagszeit ist Christoph, der Kronprinz, auf sein Scheunendach gestiegen und hat mit einem weißen Säelaken so lange gewinkt, bis ihm Antwort vom Turm des Gutshauses und vom Dach der Försterei gekommen ist. Es ist ein lang verabredetes Zeichen, und nun, um die Abendzeit, indes die Welt nach Heu und Flieder duftet, stehen sie alle auf dem Schulzenhof, jeder mit einer Schleuder aus Haselnussholz, mit einem Bogen und Pfeilen, die eine eingeschmolzene Eisenspitze haben, und mit einer geschärften Holzlanze im Arm. Die Förstersöhne, als die dem Beruf der Krieger und Waldläufer am nächsten Stehenden, haben ein Besonderes an Ausrüstung, woran die Augen des Dorfes bewundernd hängen: eine grüne Botanisiertrommel mit aufgemalten Feuernelken und ein Tesching von sechs Millimeter Kaliber, für Kugel- und Schrotschuss, ein Wunder der Technik des Abendlandes, bei dem man an gefällte Büffel, an stürzende Krähenfußindianer, an knirschend sterbende Labans aller Welten denken muss.

Sie stehen neben den Pferden, unbeweglich, mit Gesichtern wie vor der Schlacht bei Mars-la-Tour. Bis Michael kommt. Er kommt barfuß wie immer, behutsam, ernst und still. Er hat kein Gewehr, keinen Bogen, keine Lanze. Er hat nur seinen Hirtenrock über dem Arm und die Schleuder in der Hand. Er sieht seine Freunde an, mit einem leisen

Lächeln, das seltsam alt und gütig um seine jungen Lippen steht. Und dann legt er die linke Hand in die Mähne seines Pferdes und sagt leise: »Auf!«

Michael hat die Spitze mit drei Pferden, dann kommen die anderen. Sie haben einen Trensenzügel und weder Woilach noch Sattel. Die Fohlen folgen wie Kälber hinter ihnen. Es wird auf Vordermann geritten, die Lanzenspitze neben dem rechten Pferdeohr. »Mein Gott ...«, sagt die Schulzenfrau leise, »wie sie reiten ...« Und es klingt, als sei das Ganze traurig und gefährlich und groß. Aber die jungen Gesichter blicken über diese Stimme hinweg, über Menschen und Dächer, in eine unendliche, schweigend wartende Ferne. Hinter der letzten Kate hebt Michael die Hand, und sie traben. Rötlich noch steht der Staub über ihnen. Der Fischadler zieht heim, unter bestrahlten Wolken, und Nebel steigen über dem Erlenfließ. Weit ist das Land, die Wiesen, der ferne Wald. Der Geruch der Pferde, streng und süß, geht wie eine Wolke mit ihnen, hebt sie auf, berauscht sie, als ob sie nun fliegen müssten. Und als auf der Höhe, unter der blitzgetroffenen Eiche, Michael sich endlich umdreht, steigt ein einziger, wortloser, herrlicher Schrei über sie alle empor, und im Galopp brausen sie nun abwärts, durch Heide und Moor, durch Nebel und Gesträuch, abwärts zu der warmen Feuchte der Ufer, überspringen den Ottergraben, schlagen einen letzten Kreis, ziehen die Zügel an, sind da.

Es könnte wohl sein, dass sie in diesem Augenblick zu sterben bereit wären, für Michael, für seine Pferde, für das Dorf, für ihr Land. Aber da es noch an einem Anlass fehlt, so koppeln sie vorläufig die Pferde und stecken die Lanzen im Kreis um den Eingang der Rohrhütte. Dann sammeln sie Holz und türmen es inmitten der Wiese zu einem großen Berg.

Und dann beginnt die Nacht.

Die Wiese gehört dem ganzen Dorf. Sie liegt am See und springt von den Schilfrändern wie ein Pfeil in die Wälder hinein. Das Gras ist warm, und Spinnen laufen über die Halme. Ungeheuer steht der Wald hinter ihnen, und in seinem vorjährigen Laub beginnt es, sich leise zu rühren zur Nacht. Unter den Erlen zieht das schwarze Wasser des Fließes dahin, und der erste Reiher fällt mit seinem heiseren Ruf in das Schilf. Nebel steht um die Füße der Pferde, und ihre Körper sind riesengroß über den weißen Tüchern.

Michael stopft seine kleine Holzpfeife mit getrocknetem Klee. Er liegt auf den rechten Ellenbogen gestützt und raucht. »Heute könnte er kommen ...«, sagte er ernst. – »Wer?«, rufen sie leise, und Adam greift nach seinem Lanzenschaft. – »Der Moorwolf«, erwidert Michael ruhig und sieht sie langsam der Reihe nach an. »Der Schwarzspecht hat gerufen, und eine Elster flog über meinen Weg.«

Voll von Geschichten ist seine Seele. Der Wald brütet sie aus, die Einsamkeit, das Schweigen. Er braucht keine lateinischen Oden zu lernen, aber es gehen Wochen dahin, in denen der Regen auf die Wälder rauscht, indes er unter einer Schirmfichte liegt, in seinen Hirtenrock gehüllt, und den Stimmen der Tiefe lauscht. Und Gewitter stehen hinter den Kronen auf, lautlos geboren hinter dem Moor, und Nebel hängen über dem Erlenwald, und unsichtbare Vögel rufen aus der Höhe, und alles fällt in seine einsame Seele, der niemand hilft, die ganz allein ist, mit Bismarck und Wotan und der Herde und einer schmalen Schleuder aus Haselnussholz.

Der Abendstern steht über den Fichten, aber er ist kalt und sehr fern. Und sie wissen nicht, ob er zu ihren Häusern gehen und um Hilfe rufen wird, wenn die Stunde da ist. »Im Namen des Vaters und des Sohnes und des Heiligen Geistes muss man rufen«, flüstert Adam. Adam ist reicher Leute Kind, aber er ist schweren Geistes. Seine Augen sind viel zu groß für sein kleines Gesicht, und seine Mutter muss alljährlich in ein stilles Haus an den Bergen fahren, wo viele blasse Menschen leben und wo ein Mann in einem weißen Mantel mit Liebe und Geduld versucht, sie zum Lächeln, zu Gesprächen und zu etwas Arbeit zu bewegen.

Michael sieht ihn gedankenvoll an. Er kennt die zarte und blasse Frau, die Adam geboren hat, und er hat so viel Sorgen um ihn wie um ein junges Lamm, das vor den Nachtfrösten geboren wird. »In seine Augen muss man sehen«, sagte er ruhig, »wenn er kommt, und den Stein hineinschleudern zwischen sie!«

Ob man nicht Feuer machen sollte, fragt Adam leise. Aber Michael schüttelt den Kopf. Ein Ast bricht im Walde, und Friedrich, so schweigsam wie sein Bruder, schiebt eine Patrone in den Lauf seines Teschings. Aber es scheint, als sei seine Hand nicht ganz sicher. »Ein Reh«, sagt Michael. »Auch im Kriege ist es nicht anders in der Nacht ...«

Und mit diesem Wort richtet er sie wieder auf. Der Wald ist wieder warm und schön, die Pferde rupfen sorglos das Gras, der Stern ist hell wie über einem Abendgebet. Hinter dem See steht ein Licht auf und schwebt allein im dunklen Raum. Sie streiten, ob es bei Michaels Mutter sei oder in Christophs Hof. In der vorigen Nacht hat Christoph ein Licht gesehen auf dem Moor. Es ging vor sich hin, blieb stehen, ging weiter. Ein müder Schein, der plötzlich ertrank. »Meine Mutter brennt kein Licht«, sagt Michael, »Licht gibt es nur im Winter.«

An nichts anderem würden sie verstehen wie an diesem, dass er arm ist. Dann packen sie aus und beginnen zu essen. Eine große Flasche mit Kaffee geht von Hand zu Hand. Christoph hat sie mitgebracht, und Michael ist der erste, dem er sie reicht.

Nun ist die ganze Welt weiß, und die Erlen stehen wie Türme über dem milchigen Glanz. »Alles ist im Nebel«, sagt Adam. »Die Lehrer, wenn sie hier sein möchten, wie Häuser würden sie sein ...« Ja, die Lehrer und die Oden, was würden sie bedeuten in dieser wilden Welt! »Nirgends steht in der Bibel«, sagte Christoph, »dass Gott die Lehrer geschaffen hat. Bloß Sonne und Mond und alle Tiere und alle Pflanzen, und zuletzt Adam und Eva ...« Christoph hat einen großen, aber schweren Kopf, und er liebt die Lehrer nicht.

Der erste Kauz erwacht und ruft im Eichbaum hinter ihnen. Man sieht nur die Schwärze des Waldes, und so ist es, als ob die Schwärze ruft. Ob es wahr sei, dass er anmelde, fragt Adam. Aber sie antworten nicht. Es ist schwer, zu wissen, ob die Lehrer recht haben oder Michaels Mutter, die abends auf ihrer Schwelle sitzt und Geschichten erzählt.

Nur Christoph sieht sich unruhig um. »Solch eine Nacht war«, sagte er, »als Heinrich wiederkam. Sie hatten ihn durch das Bein geschossen, beim Wilddieben, und er kam aus dem Lazarett oder aus dem Gefängnis. Auch damals hat es gerufen. Der Braune war krank, und ich musste auf der Stallschwelle sitzen. Ganz klein war ich noch. Da hörte ich, wie es kam. Es knarrte bei jedem Schritt, und darüber war etwas Dunkles, als ob ein Pferd über das Moor geht. Und dann kam Heinrich, auf Krücken, und sein rechtes Bein war ab. Keiner hatte es gewusst, denn er hatte es nicht geschrieben. Die Pappschachtel hatte er auf den Rücken gebunden ..., die ganze Nacht haben sie geweint, und auch damals rief der Kauz ...«

Sie schwiegen, und ungeheuer ist die Stille der Nacht. Der Große Bär flammt über den Wäldern, und immer neue Sterne steigen lautlos aus den Wipfeln. »Jetzt haben sie Tag in Neuseeland«, sagt Wilhelm, und noch größer wird die Welt nach seinem Wort. Wieder bricht ein Zweig hinter der Wiese, und Michael steht auf. »Wollen Feuer machen«, sagt er kurz.

In dem roten Kreis ist alles nahe und lebendig und warm. Ein Pferd taucht aus dem Nebel, sieht lange mit glänzenden Augen auf sie und geht wieder in das Dunkel zurück. In der heißen Asche rösten sie Kartoffeln, und sie sprechen vom Herbst, der kommen wird, und dass sie nun wieder auf die Hohen Schulen sollen. Und wie Heinrich sich am Balken erhängte, auf dem Speicher, weil er nicht mehr pflügen konnte mit einem Bein. Und wie der »Soldat« die Axt an die Schulter legte und schoss und wie sie das Land verteidigen würden, wenn die Polen kämen, und wie der Mann ohne Kopf am Graben stand.

Und dann kommt es wirklich durch den Wald, ein schwerer Schritt, der die Zweige bricht, und sie stehen da, die Schleudern und die Lanzen in der Faust. Aber dann ist es der alte Torfjohann, der ein bisschen Torf sticht und ein bisschen bettelt und ein bisschen trinkt und nun nach Hause stolpert. »Ach, ihr Teufel …«, stöhnt er und sucht sich den wärmsten Platz. »Ein Feuer haben sie wie die Herren …, ja …« Sein Gesicht ist wild und traurig, und seine Augen tränen von dem Feuerschein. Er bekommt Kartoffeln und Brot. Den Kaffee will er nicht, aber eine Pfeife raucht er mit Michaels Steinklee. Er spricht nicht viel, und es ist immer, als stehe ein großer Raum um ihn, ein großes Schicksal, fremd für ihren Kindersinn. »Ja«, sagt er, »weit ist die Welt …, sehr weit … Eine Brücke werde ich bauen über das Moor und hineingehen auf ihr ins Paradies …«

Er faltet die grauen Hände um die Knie und sieht über sie hinweg. »Wie die Blindschleichen leben sie im Dorf«, sagt er verächtlich, »und auch ihr werdet so leben, ihr Teufel …« Sie fragen nichts, denn sie fürchten ihn. Böses wird von ihm erzählt, und in den Ohren trägt er silberne Ringe. Nur Michael sieht ihn ruhig an. »Geh nun, Johann«, sagte er, »wir wollen schlafen.«

Und gehorsam steht er auf. »Weit ist die Welt«, wiederholt er, »und am Torfbruch, da wartet einer auf mich …« Sein Schatten bricht durch den roten Kreis, richtet sich auf an der Nebelwand und zerfließt. Wieder brechen die Zweige im Wald.

Die Wiesenschnarre ruft hinter dem Dorf, und sie wickeln sich in ihre Decken. Nur Michael bleibt sitzen, den Blick ins Feuer gesenkt. Vieles geht in seiner Seele um, und bevor die Augen ihnen zufallen, sehen sie seine helle Stirn, auf der der Widerschein des Feuers flammt. »So viel Sterne ...«, denkt Adam noch, »so viele ... Wachen werden sie, dass der Moorwolf nicht kommt ...«

Der neue Tag beginnt mit Adams Schrei. Er schreit so laut, dass es sie fast zerreißt, und es dauert eine Weile, bis sie es begreifen. Die braune Stute von Christophs Hof steht über ihm, und ihre Nüstern suchen freundlich über sein Gesicht. So dicht neben dem Feuer und ihrem Schlaf ist ihr Körper riesengroß, und als Adam erwacht ist, hat er geglaubt, der Moorwolf liege auf seiner Brust.

Sie lachen ihn aus, selbst noch weiß um den Mund, und sehen sich um. Der Nebel ist fort. Tau liegt auf Gras und Schilf, und über dem Wald baut ein rotes Tor sich feierlich auf.

Auch Michael steht auf und sieht sie lächelnd an. »Kocht nun Kaffee«, sagt er, »ich holte euch einen Hecht.« Ob er nicht geschlafen habe? Er schüttelt den Kopf. »Vieles war unterwegs«, sagt er und blickt nach dem Wald. »Lange Zeit war da ein graues Gesicht, und die Pferde schnoben und waren dicht zusammen ..., aber dann ging ein Mann über das Moor und sang, weit hinten. Und da war es fort ... Nun holt noch Holz. Gleich bin ich wieder da.«

Und er taucht unter im Schilf und winkt ihnen zu. Die Sonne geht auf. Die Pferde liegen in ihrem roten Licht. Ein dünner Nebel steht über ihren Leibern.

»Wie schön es ist ...«, sagt Adam und sieht sie glücklich an.

Später, in schnell verglühenden Jahren, haben sie oft gedacht, diese Nacht sei die letzte ihrer Kindheit gewesen. Beschattet von dumpfen Ängsten wie die Nächte junger Völker, aber auch auf eine nie wiederkehrende Weise erhellt von morgendlicher Sonne, von junger, gläubiger Kraft, von letzter Bereitschaft todesmutiger Freundschaft.

Der Sommer ging, und an seinem Ende war Michael allein. Wohl kehrten die anderen zu den Ferien wieder wie sonst, aber nun war es nicht mehr das Gleiche. Sie brachten Freunde mit, junge, werdende Herren, die mit kühlen Augen auf Michael und seine Künste blickten, die wohlwollend seinen Schleuderwürfen zusahen und mit unverständlichen Ausdrücken der Tätigkeit »Bismarcks« ihre Anerkennung zollten. Und als es Michael zum ersten Mal widerfuhr, dass seine Aufforderung, einen Fischadlerhorst auszunehmen, mit verlegenem Dank abgelehnt wurde, weil gerade an diesem Nachmittag ein paar junge Mädchen – Kälber natürlich! – eingeladen seien, wechselte er seinen Weideplatz, zog tief hinter die Bruchwälder hinter dem Moor und sah nur einmal auf dem Heimweg eine Gruppe von Reitern über die Heide kommen, sah weiße Kleider dazwischen, ein paar grüßend erhobene Arme, sah ihnen eine Weile nach und zog dann mit sehr stillem Gesicht in die Dorfstraße ein.

An diesem Abend sah er seiner Mutter lange und heimlich zu, wie sie am Webstuhl saß, klein und gebeugt, und das Schiffchen unter ihren Händen rastlos hin- und herflog, Faden an Faden knüpfend zu einem Gewebe, das er noch nicht sah. Dann rief er den Hund zu sich auf die Schwelle, legte die Hand in sein warmes Haar, und so saßen sie lange, die Blicke auf das dunkelnde Dorf gerichtet, über dem die Sterne aufstiegen wie sonst und in dem die Stimmen verstummten, bis nur die Nachtvögel über der schweigenden Erde waren.

Und nur eines blieb als ein unerwartetes Band zu vergangener Zeit: dass Adam mitunter kam, heimlich und allein, mit einem verlegenen Lächeln, als habe er seine Eintrittskarte verloren, und dass er viele Stunden wortlos bei ihm saß, die großen traurigen Augen auf das Moor gerichtet, bis er leise davon zu sprechen begann, dass die Stadt nicht schön sei, die Schule, die Pension, und dass das Leben nicht so sei, wie andere meinten, sondern böse und gefährlich und schwer.

Ob er mit ihm tauschen möchte, fragte Michael nachdenklich. Ja, das möchte er sofort. Aber er wisse auch, dass das nicht ginge. Nicht weil er einmal das Gut übernehmen solle, sondern weil er doch dies alles niemals lernen werde, Wotan mit einem Pfiff zu lenken, oder die jungen Lämmer zu tragen, oder Bismarck zur Vernunft zu bringen, wenn er die Erde auf die Hörner nehme und mit geröteten Augen nach Mord verlange. Er wisse wohl, dass er zu nichts tauge, als bei seiner Mutter zu sitzen und die Hand auf ihrer Stirn zu halten, wenn die bösen Kopfschmerzen kämen und die bitteren Tränen, für die sie nichts könne und die so ganz umsonst an ihren Wangen herunterfielen.

Dann sah Michael ihn an, so wie er ihn beim nächtlichen Feuer angesehen hatte, und lehrte ihn viele Stunden lang, den Stein zu schleudern, und sagte, dass es bereits viel besser ginge als am Vortage. Und beim Abschied wandte er sich noch einmal um und meinte, Adam solle es doch nicht für gering achten, dass seine Hand geeignet sei, die Schmerzen seiner Mutter zu verscheuchen. Das sei eine große Gabe, und schon in der Bibel komme das Handauflegen als etwas Großes und Schönes vor, größer vielleicht als das Steineschleudern, und er wisse ja auch, dass David gerufen worden sei, wenn der böse Geist über den großen Hirtenkönig Saul gekommen wäre.

Dann nickte Adam ihm dankbar zu und ging davon, und es sah aus, als trage er seinen schweren Kopf nun etwas höher, seit Michael ihn an die Gabe Davids erinnert hatte.

Aber im nächsten Sommer war auch Adam nicht da, weil er mit seiner Mutter bis in die Berge fahren musste, wo der Mann im weißen Mantel versuchte, seinen Gästen das Lächeln beizubringen, und er kam erst in den letzten Tagen der Ferien wieder heim, gerade zur Zeit, um die Malerin abfahren zu sehen, die Michael den Sommer schwer gemacht hatte.

Die Malerin klopfte eines Tages bei dem alten Lehrer im Nachbardorf an, demselben, der Michaels Auslegung des Davidsieges mit bekümmertem Kopfschütteln aufgenommen hatte, und meinte, dass sie solch ein Haus gerade gesucht habe, am Rand der Heide, mit Bienen und Kaiserkronen und Päonien, und dass sie wohl dableiben möchte, um dieses Land zu malen, damit die Stadtkühe wieder etwas hätten, um die Augen aufzureißen, und eine Giebelstube werde er wohl abzugeben haben. Und da sie Rohkostlerin sei, so brauche er sich auch um ihre Verpflegung keine Sorge zu machen.

Der Lehrer Elwenspök, auf diese verwirrende und fast betäubende Weise überfallen, versuchte zunächst, seinen weißhaarigen Kopf zu schütteln, sah mit verlegener Unruhe auf ihre Sandalen, ihr kurz geschnittenes Haar, ihr loses Kleid, erreichte aber mit diesem Kopfschütteln nur, dass die Malerin ihr Skizzenbuch aus dem Rucksack zog, ihre Hände an seine Schläfen legte, um seinem Kopf die passende Haltung zu geben, und dann mit einem dünnen Kohlestift über ein silbergraues Papier glitt, sodass ihm nichts anderes übrig blieb, als unter ihrem strengen Blick stillzuhalten, der so kühl geworden war wie der des Schulinspektors, nur dass er durch keine gnädige Brille gemildert wurde.

»Der Heidepatriarch«, sagte die Malerin freundlich, weidete sich an seiner Verblüffung und bat ihn dann, ihr die Treppe zu ihrer Giebelstube zu zeigen.

Und obwohl der alte Elwenspök nicht wusste, ob diese seltsame Frau nun wirklich von dem »Geist Gottes« erfüllt sei oder von einem fremden und gefährlichen Geist, vermochte er nicht, wie immer seit dem Tode seiner Frau, einer so bestimmten Forderung auszuweichen, stieg hinter ihr die Treppe hinauf in das Zimmer seines einzigen Sohnes, der auf einer fernen Universität studierte, wies mit bescheidenen Worten auf die weite Aussicht hin, rief nach seiner Haushälterin und saß eine Viertelstunde später wieder bei seinen Bienen, den Geldschein immer noch in der Hand, und aufs Tiefste verwundert, wie rasch die neue Zeit über einem weißen Haupte zusammenschlage.

Fräulein Tamara aber, wie sie sich wohlklingend nannte, sammelte schon nach einer Viertelstunde mit seiner Erlaubnis Mohrrüben und Zuckerschoten in einen kleinen Lederbeutel, nahm Staffelei und Skizzenbuch unter ihre unbekleideten Arme und ging auf braunen Sandalen durch die Gartentür mitten in die Heide hinein, wo über blauen Wacholderbüschen eine weiße Sonne stand und der Lärm der Grillen wie eine tönende Wolke über den Ginsterbüschen hing.

»Verrückt!«, sagte die Haushälterin aus dem Fenster der Giebelstube, wo sie neue Vorhänge an die kleinen Scheiben hängte. Aber Herr Elwenspök schüttelte nur lächelnd den Kopf. »Der Herr hat sie geschickt, der Herr wird sie wieder nehmen ...«, sagte er nachsichtig. »Mach es nun schön sauber für das Fräulein.«

Fräulein Tamara nahm also von Heide und Moor und Wald Besitz, wie sie von Herrn Elwenspöks Giebelstube und von seinem Gesicht Besitz ergriffen hatte, das sie nun auf einem silbergrauen Papier als ein unverlierbares Eigentum mit sich trug. Sie tat dies alles nicht, weil sie etwa eine habsüchtige oder auch nur rücksichtslose Seele besaß, sondern weil sie gleichsam ein unbekümmerter Mensch war. Da sie die Welt als eine Malerin mit den Augen aufnahm statt mit Begriffen oder Urteilen und da die Welt vor den menschlichen Augen zunächst wehrlos liegt, so konnte es scheinen, als dringe sie mit Worten und Blicken achtlos in fremde Bezirke ein. Aber sowenig man von einer

Biene etwa sagen kann, dass sie achtlos in fremde Gärten dringe, so wenig konnte dieser Vorwurf gegen Fräulein Tamara erhoben werden, denn auch ihr war auf eine sehr ernste Weise um den Honig der Welt zu tun, wenn dieser in ihrer Meinung auch anders beschaffen war als in der Meinung der meisten anderen Menschen.

Sie war nicht mehr so jung, wie nach ihrer mädchenhaften Kleidung hätte vermutet werden können, und sie hatte die erste Hälfte ihres Lebens damit zugebracht, Menschen und Weltanschauungen unbedenklich in sich hineinzunehmen, um in ihrem Leben einen ähnlichen festen Grund zu finden, wie sie in ihrer Kunst ihn längst besaß. Doch war ihr das nicht gelungen, ja es war ihr sogar auf eine entscheidende Weise misslungen, weil das städtisch und abendländisch Verwelkte und Müde von Menschen und Weltanschauungen ihrer heftig fordernden Natur nie lang zu genügen vermochten, vielleicht auch weil das Immerhabenwollen einen Menschen nach gerechten Gesetzen daran verhindert, zu einer Ruhe zu kommen, die nur mit Gebenwollen erkauft werden kann.

So war sie gleichsam in einem Wellental ihres Daseins in das Haus am Heiderand gekommen, wo die fallende Woge misslungenen Erlebens sich schal zerteilte und verrann, indes die neu steigende erst sich sammelte und Richtung und Gewalt ihr noch zu bestimmen waren. Und auch die Rohkost dieses Zeitpunktes war weniger eine Spielerei als ein Symbol müder Lebenspause, da mit Erdnüssen und Mohrrüben sich schwerlich das Aufsteigende einer neuen Leidenschaft verbinden lässt, ob sie nun nach einem neuen Ziel der Kunst oder nach einem neuen Menschen trachte, aus dessen Blut und Anbetung das Leben neu brausend sich wieder hebt.

In diesem leise verworrenen Zustand, nicht unbedenklich für sie wie die ihren Weg Kreuzenden, trat sie in die sommerliche Verlassenheit einer schwermütigen Landschaft und, gleich am Anfang ihres Aufenthalts, in Michaels ruhig und gleichmäßig verlaufende Tage. Denn da sie, von einem Hügel der Heide, am Rand des Bruchwaldes eine langsam ziehende Herde erblickt hatte, war vor ihren immer hungrigen Augen vielleicht das Bild eines zweiten Patriarchen aufgestanden, auf einen hohen Stab gestützt, den Hund zu seinen Füßen, wie er mit hellen, vom Licht gleichsam ausgespülten Augen über den Beschauer hinweg in eine ferne Vergangenheit blicken mochte, ja vielleicht bis zu jenen Zeiten, da das Königsamt sich noch auf eine Hirtenstirn legen konnte.

Sie hatte dann in ihrer freimütigen Weise aus ihrer Überraschung kein Hehl gemacht, als sie Michael erblickt hatte, der, die Schleuder in der Hand, sich damit vergnügte, Stein auf Stein in die Sonne hinaufzuschicken, mit ernstem Gesicht, wie ein Titanenenkel, der aufrührerisch an die goldenen Tore der Götter schlägt.

Sie bereute bitterlich, dass sie einen Ausruf des Staunens nicht unterdrückt hatte, denn auf ihre flehentliche Bitte, das Spiel mit gleicher Gebärde zu wiederholen, sah Michael sie ohne Verständnis an, mit dunkel bestürzten Augen, und schüttelte nur nachdrücklich den Kopf, als sei etwas Ungehöriges von ihm verlangt worden.

Doch konnte er nicht verhindern, dass die Malerin nun bei ihm blieb, über ein großes Buch gebeugt, in dem auf eine unfassliche Weise die Welt noch einmal erstand, dass sie Fragen an ihn stellte, die er beantworten musste und dass schließlich sein eigenes Bild, nie anders gesehen als auf einer Wasserfläche, plötzlich auf einem grauen Papier vor seine Augen gehoben wurde, mit der gleichen Verzauberung ihn leise umstrickend, mit der zu allen Zeiten die Keuschheit der Natur von ihrem künstlichen Widerspruch umstrickt worden ist.

Mit Befremden sah er ihrem Mittagsmahl zu und den blauen Ringen, die sie aus ihrer Zigarette kunstvoll blies. Doch lehnte er, im Innersten dunkel gewarnt, die Teilnahme an beidem ab, aß sein Schwarzbrot, trank die Milch, die er in einen irdenen Topf vor ihren erstaunten Augen molk, und rauchte dann seine kurze Pfeife, auf den rechten Arm gestützt, indes er an ihr vorbei auf das Moor sah, über dem die Luft flimmernd stand und der Turmfalke rüttelnd schwebte.

Nach seinem Leben und Denken befragt, gab er sparsame Auskunft, immer tiefer zurückweichend vor dem Fremden in Gestalt, Sprache und Redseligkeit, das hier in seine Welt eingebrochen war, als könne es, mit einer Eintrittskarte versehen, sich in ihr umsehen und bewegen wie im eigenen Haus. Doch gelang es ihm nicht, ihre Frage, ob sie wiederkommen dürfe, zu verneinen, auch wurde die Frage mit einem solchen Lächeln gestellt, als sei die Antwort ganz nebensächlich und als werde der Wille der Fragenden unbekümmert über sie hinweggehen.

Es sei wohl nicht gut, sagte er dann aber doch, mit solchen Schuhen in den Bruchwald zu kommen, wo die Kreuzottern lebten. Und auf ihren Einwand, dass er doch selbst barfuß gehe, belehrte er sie nicht sehr freundlich, dass es darauf ankomme, wer das tue, und es sei wohl nicht dasselbe, ob jemand hier aufgewachsen sei und mit geschlossenen Augen wisse, wohin er zu treten habe, oder in der Stadt, wo nach seiner Kenntnis die Kreuzottern nicht in den Straßen spazieren gingen.

Nun, meinte sie, die Staffelei schon unter dem Arm und auf ihre braunen Beine hinuntersehend, das könne nicht so schlimm sein, da er ja immer in ihrer Nähe sei, um die Wunde mit seinen Lippen auszusaugen.

In einer dumpfen und zornigen Verwirrung verbrachte Michael den Rest des Tages. Da er nicht gelernt hatte, Seelenzustände zu zergliedern, empfand er die beginnende Zerstörung seiner Welt, gleich allen einfachen Naturen, als einen Zauber, den man über ihn geworfen hatte und gegen den eine Abwehr sich nicht im Augenblick erfinden ließ. Und da ihm einleuchtete, dass das Wirksamste zunächst sein müsste, den Kreis des Zaubers zu vermeiden, so beschloss er, am nächsten Morgen jenseits des Moores seine Herde zu weiden und auch sein Rinderhorn nicht an die Lippen zu heben. Doch gelang es ihm nicht, das Bild der fremden Frau vor seinen Augen auszulöschen, sodass er finster und schweigsam am Abend in die Dorfstraße einzog und seine Mutter ihn nach dem Essen fragte, ob die Moorhexe ihm begegnet sei.

Das könne sein, erwiderte er abweisend, musste aber dann auf eine verwirrte Weise lächeln, als die Mutter ihm einen Psalm von besonderer Kraft empfahl und dazu den Rat gab, mit dem Saft der gelben Blume, die man Jesuwundenkraut nannte, Handflächen und Stirn einzureiben.

Doch war das Mädchen Tamara sehr erschreckt, als sie am nächsten Morgen ihn fand, an der gleichen Weidestelle übrigens, und auf seiner Stirn ein blutrotes Mal sah wie von einer schweren Wunde. Und als er finster erklärte, das sei ein Saft gegen Mücken und Bremsen, sah sie ihn ungläubig an, bevor sie, diesmal mit Ölfarben, sich der Landschaft zuwandte, die weit und schwermütig sich vor ihnen ausbreitete.

Sie hatte von Herrn Elwenspök die ganze Lebensgeschichte des seltsamen Hirten bereits am Abend erfahren, mit Stolz, aber auch mit leiser Sorge vorgetragen, und sie war in der Kenntnis abseitiger Menschenherzen weit genug vorgedrungen, um zu wissen, dass hier auf sanfte und behutsame Weise vorgegangen werden müsse, wenn das ganz Neue und Bestrickende dieses Erlebnisses nicht gleich zu Beginn zerstört werden sollte.

So ging ein wortkarger Tag zwischen ihnen dahin, unter der brütenden Sonne des Bruchwaldes, und nur von Zeit zu Zeit kam Michael an ihrer Staffelei vorbei, blickte wortlos auf die zauberhaft erwachsende Landschaft und schlug dann wieder einen großen Kreis um die verstreute Herde, wobei er manchmal hinter den Erlen und Weiden verschwand, in eine unbekannte Ferne, aus der er mit einer geflochtenen Schale voller Himbeeren oder einem dunkel leuchtenden Schmetterling zurückkehrte, die er wortlos neben sie legte, als gehöre ihr der Tribut dieser ganzen Erde.

So standen die Tage wie unter einer gleichbleibenden Wolke, unter der man leise spricht, damit sie sich nicht im Wetter öffne. So verwirrend der Sommer über Michael gekommen war, so war doch unschwer zu erkennen, dass der tiefere Zauber über das Mädchen Tamara gefallen war und dass sie nur mit Mühe ihrer Natur gebot, die gewohnt war, das Lockende zu ergreifen, wo es sich bot, um zu erfahren, ob hier sich vielleicht das Neue verhülle, das den ruhigen Grund eines unruhigen Lebens bilden könnte.

Michael hingegen, wiewohl von dem Erstmaligen auf eine unvergleichliche Weise bestürzt, trug doch von Abkunft und männlicher Lebensweise her eine tiefe Scheu in sich, sich an ein Seltsames und Fremdes gänzlich zu verlieren, und wehrte sich mit nicht gewusster Scham, als ein Herr der Herde nun gleichsam mit gefesselten Händen dem zu verfallen, was er täglich in ihr geschehen sah, was ihm in ihrem dumpfen Dasein als ein Selbstverständliches und nicht zu Verwunderndes erschienen war, was aber, auf sein eigenes Leben übertragen, mit einer unheimlichen Warnung vor ihm aufstand.

Und als das Mädchen Tamara, viele Tage später, sein Gesicht gemalt hatte und, von seinem bestürzten Schauen vor der Zeit verführt, mit ihren Lippen seinen halb geöffneten Mund verschloss, musste sie neben seiner Erschütterung auch seinen wachsenden, fast feindseligen Widerstand spüren, und es blieb ihr nichts zu tun, als mit einem verwirrten Scherz über diese Handlung hinwegzugehen, die sie mit hastigen Worten teils als eine mütterliche Zärtlichkeit und teils als die Freude über ein gelungenes Kunstwerk zu erklären sich bemühte.

Doch kam dem so Gefährdeten die letzte Hilfe von der schroffen und unmissverständlichen Einfachheit des mütterlichen Urteils, indem seine Mutter am nächsten Abend, vom Webstuhl zurückblickend, ohne Vorbereitung berichtete, dass eine Malerin dagewesen sei und mit süßen Worten sich angeboten habe, ihr Gesicht abzumalen, woraus aber nichts geworden sei, da eine der Mägde auf dem Gut in Wehen gelegen und man nach ihr geschickt habe. Und auf die vorsichtige Frage Michaels, wie sie denn gewesen sei, erfolgte schon wieder mit der Wendung zum Webstuhl, die Antwort: »Sie riecht ... wie eine Ziege!«

Es ist anzunehmen, dass dieses harte und vermutlich von mütterlicher Weisheit eingegebene Urteil den davon Betroffenen zunächst mit Widerspruch erfüllt hat und erst aus der Übertragung in seinen beruflichen Erfahrungskreis allmählich die verborgene Wirkung erhielt, die geeignet war, die Schärfe seines Blickes wiederherzustellen.

Doch erfolgte die entscheidende Lösung durch Tamara selbst, und sie nahm, als ein gerechtes Schicksal, ihren Ausgang von einer tiefen Täuschung, der die Malerin als ein im Fordern unbedenklicher und ungeduldiger Mensch unterlag. Durch ein Leben in einer Umgebung geformt, in dem mit dem Nackten der Darstellung sich leicht eine Nacktheit der Schau und des Denkens verband, hatte sie übersehen, dass es erst vieler Jahre und Entkleidungen bedarf, ehe die jugendliche Seele bereit ist, in derselben Sprache zu antworten. Und als sie nun, am Ende dieser Wochen, vor Michaels Augen das Tuch von einem heimlich gemalten Bilde nahm und er sich nun selbst darauf erblickte, die Schleuder in der Hand, wie sie ihn zum ersten Mal gesehen hatte, aber seinen Körper unverhüllt und so, wie ihn zu sehen nur seiner Mutter erlaubt gewesen war, geschah das für sie gänzlich Unerwartete und auch Unfassbare, dass er nach einem Augenblick völliger Erstarrung, indes das Blut in sein Gesicht schoss, das Bild mit beiden Händen ergriff, es in zwei Teile riss, die Leinwand zusammenballte, unter die Füße trat, sich nach seiner Schleuder bückte und in seinen wilden Augen die Absicht nicht zu verkennen war, dass er den ersten Stein auf diejenige schleudern wollte, die auf schamlose Weise Besitz von ihm ergriffen hatte, ehe er bereit dazu gewesen war.

Es war natürlich, dass sie floh wie vor einem Verrückten und dass die Enttäuschung ihres Blutes in einen wilden Zorn überging, der ihn mit unedlen Worten aus der Ferne schmähte. Dass sie am gleichen Abend noch Herrn Elwenspöks Haus verließ, nicht ohne sich über dies »Botokudenland« mit harten Worten bei ihm beklagt zu haben, wo nicht nur die Stiere, sondern anscheinend auch die Menschen einen Ring durch die Nase trügen, und nicht ohne dass Adam, soeben von seiner Reise zurückgekehrt, ein erschreckter Zeuge dieses Ausbruches verschmähter Leidenschaft wurde. Und wenn er selbst auch von allem diesem als ein eben Zurückgekehrter nichts verstand, so schüttelte doch Herr Elwenspök sowohl bekümmert wie erleichtert den Kopf, fragte, ob er Michael schon besucht habe, und trug ihm viele Grüße auf, mit dem Zusatz, dass Beelzebub nicht nur in eine Herde von Säuen auszufahren liebe, was er wortgetreu zu bestellen bat.

Michael aber, nachdem er sich im Bruchwald für den Rest des Tages wie ein Geschändeter verborgen hatte, war so spät heimgekehrt, dass man mit Sorgen nach ihm ausgeblickt hatte, war dann nach einer schlaflosen Nacht mit unverändertem Gesicht an sein Tagewerk gegangen und hatte eine Art von Trost und Rechtfertigung erst gefunden, nachdem er am frühen Morgen eine Stunde an der Lichtung gesessen hatte, wo vor Jahren das Bewusste seines Lebenslaufes mit einem unvergesslichen Tage begonnen hatte.

Wohl verstand er, was in diesen Wochen mit ihm geschehen war, aber auf keine Weise, dass dies im Leben der Menschen so geschehen sollte, auf eine so deutliche und fast gewalttätige Art, und die Gestalt der Frau, ihm nur aus der dörflichen Strenge wie hinter einer Verhüllung bekannt, hatte hier eine plötzliche und fast teuflische Abwandlung erfahren, die nach seiner Meinung nur in den Städten zu Hause sein konnte, wie ja auch die Freunde seiner Jugendgefährten mit einem ihm unbekannten Ausdruck von Dingen sprachen, von denen zu sprechen ihm nicht in den Sinn gekommen wäre, da er sie ohne Worte geschehen sah.

Er wusste nicht, dass etwas ihn bewahrt hatte, was er niemals hätte benennen können, weil er nicht wusste, dass die Natur vor die Jugend einen Schild stellt, damit sie sich nicht vor ihrer Zeit verliere, und wenn man es ihm auch mit dem gesagt hätte, was die Religion daraus gemacht hat, indem sie ein Unbewusstes der Natur in ein Bewusstes des Menschen verwandelte, so würde auch die Keuschheit etwas Unverständliches für ihn geblieben sein, ein Wort aus dem Konfirmandenunterricht, das als eine Warnung, aber ohne Sinn gebraucht worden ist.

Und vielleicht war es seinem ins Dunkle horchenden Sinn gut, dass die Bewahrung auch aus dem Dunklen gekommen zu sein schien, aus dem Blut etwa; denn dieses kam von seinem Vater her, und was von dort kam, war immer gut. Und wenn er auch nicht fühlte, dass ein männliches und ganz auf sich gestelltes Leben ihm in diesen Wochen zur Seite gestanden hatte, mit Wachsamkeit, Schweigen und Stolz, so fühlte er doch die langsame Rückkehr ins alte Leben als eine schöne, immer weiter sich breitende Befreiung, ja fast als einen Sieg, nicht unähnlich dem Gefühl, mit dem er damals die dunkle Spur des gefällten Laban durch das taufeuchte Gras aus seinem Leben und Reich hatte davonziehen sehen.

So empfing er den Besuch Adams bereits mit dem freundlichen Gleichmut vergangener Tage, und erst die Botschaft des Lehrers, wortgetreu ausgerichtet, trieb einen Schatten auf seine Stirn, dort wo der Saft des Jesuwundenkrautes geglüht hatte. Doch begriff er aus Adams Bericht sofort den Zusammenhang, verweigerte aber jede Aufklärung und schob das Ganze endlich mit einer Handbewegung zur Seite.

Sie verlebten einen hellen und aufgeschlossenen Tag, in dem auch Adams Bedrückung dahinging, dem das Leben bei dem Mann im weißen Mantel nicht gutgetan hatte und der an die kommende Schule dachte, wie man an das Messer eines Arztes denkt.

In diesem Herbst, in dem Michael sechzehn Jahre alt wurde, gewann er seinen seltsamen Besucher seiner einsamen Welt, die unter ziehenden Kranichen, roten Vogelbeeren und dem fernherwehenden Duft der Kartoffelfelder noch stiller in sich beschlossen war als sonst. Es hatte nämlich Herr Elwenspök, vom Schulrat mit der goldenen Brille auf sein hohes Alter aufmerksam gemacht, sein Amt zu Beginn des Herbstes niedergelegt und ging nun, als ein Herr seiner Zeit, viele Stunden des Tages durch Heide und Moor, um sein großes Buch mit getrockneten Pflanzen zu erneuern und, wenn das Glück es fügen sollte, auch zu vergrößern. Und da er, absichtlich oder durch Zufall, bereits in den ersten Tagen mit Michael und seiner Herde zusammengetroffen war und bei diesem nach den ersten Worten nicht nur eine natürliche Teilnahme, sondern eine unvermutete Unterstützung seiner

Tätigkeit gefunden hatte, indem Michael sich erbot, ihn zu den Fundstellen seltener Pflanzen zu führen, so ergab sich aus diesem fast wissenschaftlichen Beginn eine immer wachsende menschliche Vertrautheit, die der sein Leben Beendende als ein spätes Geschenk und der von der Welt zum ersten Mal Verwundete als eine sanfte Tröstung empfing.

So waren besonders die späten Nachmittagsstunden von einem stillen und weltabgeschiedenen Glück für sie erfüllt, wenn Michael auf einem Hügel unter Wacholderbüschen ein kleines, rauchloses Feuer entzündete, in dem er die letzten Pilze des Jahres briet und an dessen Rand Herr Elwenspök seinen Kaffee wärmte. Der Blick ging von der sanften Höhe weit hinaus, über braunes Moor und sich färbende Wälder, bis zur frühen Abendröte, die den wandernden Keil der Wildgänse oder der Kraniche empfing und begrub. Hoch über ihnen riefen unsichtbar die Brachvögel, und ein ferner Wagen rollte hinter ihnen über die Erde, schwermütig von einem Lied geleitet, das der Knecht in den weiten Abend sang.

Dann öffnete das alternde Herz des Lehrers sich noch einmal, der ein Leben lang, Jahr für Jahr, die einfachen Dinge hatte lehren müssen und der niemals von den anderen Dingen hatte sprechen können, die in seiner Jugend sein Herz durchflammt hatten, wie sie jede Jugend durchflammen. Und der nun, vom trüben Alltag entbunden, in der feierlichen Stille der Landschaft, im Kreis der schon ruhenden Herde, sich gleich einem der Patriarchen vorkommen mochte, die nach einem vielerfahrenen Leben noch einmal bei den Enkeln niedersitzen, um ihre stille Weisheit in gute Hände zu legen, bevor man ihnen selbst die Hände über der Brust zusammenlegt.

Es waren viele Leben gewesen, die in ihrem Beginn durch seine behutsamen Hände gegangen waren, und da er, wenn auch von ferne, zugesehen hatte, wie aus diesem Beginn die Lebensbahnen weitergelaufen waren und wie manche sich zu einem frühen Tod gesenkt hatten, so konnte er wohl mit vorsichtigen Worten ein stilles Gesetz aus der Wirrnis dieses Gewebes lösen, und er konnte nicht anders, als dass es, auch jetzt noch, ihm auf den »Geist Gottes« anzukommen schien, der einen Menschen erfülle oder nicht erfülle.

Aber darüber hinaus begann er, von der Enge der Landschaft zurückzuschreiten in die Geschichte der Völker, wie sie aus stillen Anfängen gleich dem eines Hirtenamtes lodernd aufgestiegen sei zu großen Leiden und Taten, und dass die Demut des Kleides niemals verhindert habe, dass Herrliches unter solchem Kleide gedacht und gelebt worden sei. Und mitunter, nach langem Schweigen, fügte er behutsam hinzu, dass jedes Amt, in Treue verwaltet, seine stille Krone trage; dass er wohl erfahren habe, wie seine jungen Freunde nun immer weiter sich von ihm entfernten, Adam wohl ausgenommen; dass dies ein Gesetz alles Lebens sei, dass aus gleichem Anfang sich ein verschiedenes Ende entfalte; dass aber das Ursprüngliche der Welt zu bewahren eine edle Aufgabe sei, zumal in einer Zeit, in der die Städte wüchsen und die Maschine unaufhaltsam zerstöre, was die Hand des Menschen in Jahrtausenden erlernt und erworben habe. Und immer, setzte er leise hinzu, habe ein besonderer Glanz und eine besondere Gnade um die Einsamen gestanden, als die am männlichsten sich Bewahrenden, und was sie erlitten hätten, an Schmerzen oder Verzicht, sei ihnen zum Segen geworden, und nicht ihnen allein.

Dann pflegte Michael wortlos neben ihm zu sitzen, die braunen Hände um die bloßen Knie gefaltet, die Augen vom Widerschein des Abendrotes erfüllt. Und nur einmal fragte er, ganz ohne Scheu, von welchem Geiste denn nun jenes Mädchen namens Tamara erfüllt sein mochte.

Hier errötete der alte Lehrer auf eine kindliche Weise, schob mit seinem Stock die Asche über die letzte Glut des Feuers und sagte dann, sich erhebend, dass das wohl der Geist der alten heidnischen Natur sein mochte, der man vorzeiten viele Tempel gebaut habe, ein Geist, der weder böse noch gut sei, aber den in ein Höheres zu verwandeln uns wohl von Gott für kommende Zeiten schweigend aufgetragen worden sei.

Dann nahmen sie Abschied voneinander, zwei stille Gefährten, denen der nächste Tag noch gewiss war und die viel Zeit hatten, um einander die Dinge zu sagen oder zu zeigen, um die ihre Gedanken sich bewegten. Und wenn aus dem Dunkel des sie schon trennenden Bruchwaldes ein spätes Lied aus Michaels Rinderhorn noch einmal aufstand, die ganze herbstlich dunkelnde Erde überflutend und gleichsam beglänzend, so blieb der heimkehrende alte Mann noch einmal stehen und lauschte, auf seinen Stock gestützt, indes eine tiefe Wehmut ihn überkommen wollte, sei es über den fallenden Abend eines kärglich geernteten Lebens, sei es über die späte Freundschaft mit jener stillen Jugend, die dort in den Wäldern untertauchte und deren Los und Zukunft so gänzlich im Verborgenen lag.

Der nächste Sommer führte Adam nicht in die Berge, und auch Christoph kehrte, als ein hoffnungsloser Fall aus der landwirtschaftlichen Schule entlassen, zum Gram seines Vaters in das Dorf zurück, um noch einmal Ernte und Aussaat zu erfahren, ehe im Herbst die Schule des Soldaten ihn aufnehmen und, wenigstens im äußeren Glanz, zu einem angemessenen Nachfolger seines Vaters erziehen sollte.

So wurde ihnen noch einmal, auf eine unvermutete Weise, ein Nachglanz jener Jahre geschenkt, da sie Kinder und als solche vor jeder Zukunft behütet erschienen waren. Es machte nichts aus, dass Adam lateinische Oden wusste und dass Christoph die Chemie des väterlichen Bodens mit seltsamen Buchstaben in den Heidesand schreiben konnte. Es machte nichts aus, weil sie dies als eine menschliche Verirrung belächelten oder auch mit harten und ehrfurchtslosen Worten benannten. Es war ihnen wieder wichtig, den Gabelweihhorst zu finden, in dessen Nähe der große Vogel mit den edel geformten Schwingen schwermütig rufend kreiste, die Krebse unter den Erlenwurzeln des Fließes mit bloßen Händen zu greifen und den leise alternden Stier Bismarck durch ein dumpfes Gebrüll aus den Büschen zu jugendlichem Zorn über einen unsichtbaren Nebenbuhler zurückzuführen. Die Sonne schien, die Beeren reiften, und wenn der alte Mann mit seinem stillen Lächeln über das blühende Moor kam, das Band der grünen Pflanzenkapsel über den gebeugten Schultern, so empfingen sie ihn, als hätte er ihnen niemals Schmerzen bereitet, weder mit Dezimalstellen noch mit feierlichen Bibelsprüchen, und ihm selbst wollte mitunter in leiser Verlegenheit scheinen, als sollte der Mensch doch besser ganz und gar unterlassen, die Ersten und die Letzten auf irgendeiner Stufenleiter festzustellen.

Sie erfuhren von dem im Dunkel sich Vorbereitenden wohl durch Andeutungen und Gespräche, aber erst mit den nächtlichen Scheinwerfern, den Sprengungen und über den Horizont auflohenden Bränden, mit denen man an der nahen Seenenge das Schussfeld freilegte, trat der kommende Krieg in ihr unvorbereitetes Bewusstsein. Dann aber veränderte er mit einer unfasslichen Schnelligkeit ihre Welt das Dorf, die Landschaft, ihre Tätigkeit, ihre knabenhaften Pläne. Und während die Gefährten bereits ihre Zurüstungen trafen, um in der nächsten Garnison sich als Schutz gegen den Feind aufzustellen, Christoph mit drohenden Reden, als trüge er schon den väterlichen Goldzahn als Erbe in seinem Munde, Adam mit stiller und etwas sorgenvoller Gefasstheit, fiel die Verantwortung seines Amtes zwar schweigend, aber umso ernster auf Michael, der vor aller kriegerischen Tätigkeit zunächst seine Herde zu versorgen hatte und der, von Flüchtlingsnachrichten gewarnt, mit ernsten Augen durch die Wälder streifte, wo er die unzugänglichsten Winkel prüfend betrachtete, ob sie Weide und Wasser und jene Unauffälligkeit besäßen, die sie vor den Augen der Kosaken bewahren würden.

In jenen sich überstürzenden und doch unendlich langen Tagen der ersten Entscheidungen, in denen die zusammenrollenden Wetter des Krieges schon rings im Kreise zu murren begannen, träge noch und unlustig gleichsam, aber mitunter schon, in schwülen Nächten, ein Flammensignal aufschleudernd über die bangen Horizonte, trug in aller Verstörtheit, Torheit, Angst und Begeisterung des Dorfes Michael das stillste Gesicht unter allen Bewohnern. Wie ein schweigsamer Feldherr hatte er getan, was ihm zukam, den Zufluchtsort seiner Herde ausgewählt und in einer Schilfhütte zusammengetragen, was zu einem heimlichen Leben für ihn und andere nötig sein würde. Denn niemals würde er, wovon König Christoph in mutlosen Augenblicken sprach, die Hand dazu bieten, seine Herde im Staub der Straßen in eine bittere Fremde zu treiben. Es mochten Greise und Frauen und Kinder diesen Ausweg der Verstoßenen und Kraftlosen wählen. Aber sowenig man die Häuser des Dorfes abtragen und in eine sichere Hut bringen konnte, so wenig durfte man mit der Herde tun, wie man mit einem Stein tun konnte. Denn die Herde war nicht nur der Stolz des Dorfes, nicht nur sein Reichtum und sein wenn auch bescheidener Ruhm, die Herde war das Dorf selbst, sein innerstes Wesen, war wie der Geruch der Strohdächer und der Rauch der Schornsteine und der Lindenduft des Kirchhofes. Etwas Unvergleichliches und auf keine Weise aus diesem Boden zu Entfernendes.

Doch wurde Michael als der Geringste des Dorfes wie König Christoph als sein Größter allen Entscheidungen ungefragt enthoben. Denn noch während Christoph die Dorfstraße mit Leiterwagen und Eggen zu sperren befahl, damit man die feindlichen Kraftwagen finge, die nach dem Gerücht Gold nach Russland bringen sollten; noch während die Jugend den Befehl erhielt, sich an bestimmten Orten zu sammeln, um nicht bei unvermutetem Vorstoß des Feindes in seine Gewalt zu fallen; noch während, unabhängig von allem diesem und von unveränderlichen Gesetzen geleitet, die Wagen auf die Felder fuhren, um die frühe Ernte hastig einzubringen: flammte eines Nachmittags der Himmel hinter den Wäldern auf, zur Rechten wie zur Linken, Glocken schrien auf und verstummten, und der ferne Knall von Schüssen schlug, vom Winde verweht, über die gemähten Felder, wo man die Pferde ausspannte, die Wagen ablud und vor den Häusern mit Hausrat hastig und sinnlos erfüllte, indes der junge Christoph zu Pferde zu Michael gejagt wurde, damit er mit der Herde sich an die große Straße ziehe, die allein für die Flucht ins Innere des Landes noch offenzustehen schien.

Doch kam Christoph mit der seltsamen Botschaft zurück, dass Michaels Herde verschwunden und gesichert sei, dieser selbst aber, von einer Erkundung soeben zurückgekehrt, sagen lasse, dass die Dörfer in der Runde brennten, dass er Wald und Herde nicht verlassen könne und wolle und dass er an den Torfbrüchen die Bewohner des Dorfes erwarte, um sie in das Versteck zu führen, das er für sie ausgesucht habe und in dem kein Kosak der Welt sie finden werde. Doch hatte er ihnen Eile und Stille dringend anempfohlen und Christoph als einen zuverlässigen Führer bestimmt.

In dem sich erhebenden Lärm der Ratlosigkeit und Verstörtheit entschied Michaels Mutter das Schicksal des Dorfes, indem sie, das Kopftuch festbindend und die Harke über die Schulter legend, erklärte, dass es immer noch gut gewesen sei, zu tun, was Michael wolle, und dass sie jedenfalls zu ihrem Sohn gehe, gleichviel was das Dorf beschließe.

Und so war nach einer Stunde bereits alles nach Michaels Willen geschehen und Menschen und Pferde schon am Rand des schützenden Waldes, von dem sie nun, querab von der Straße, einzeln, um keine große Spur zu hinterlassen, hinter die Brüche geführt werden sollten. Aber noch während sie von dort, die Frauen weinend, die Kinder stumm und mit verstörten Augen, auf die verlassenen Felder zurückblickten, wo die abgeworfenen Garben in Haufen lagen und das noch nicht gemähte Korn in der Sonne glänzte, blitzte es hinter dem Dorfrand auf, Lanzen und Säbel über fremdem, braunem Kleid und niedrigen Pferden, und im gleichen Augenblick erschien um die Ecke des Waldes, allen sichtbar, die verwachsene Gestalt der Tochter des Torfjohann, laut weinend hinter einem jungen Lamm herjagend, das an diesem Morgen als kränklich nicht zur Herde gekommen war und das nun in übermütigen Sprüngen vor dem Mädchen durch die Heide lief.

Sie erkannten alle, mit angehaltenem Atem, was dieses junge und mutwillige Tier für ihr Schicksal bedeutete, und auch die Tochter des Torfjohann, durch ein verstohlenes Zeichen gewarnt, blieb zunächst unschlüssig stehen, sah sich um, sank dann aber wie erstarrt in sich zusammen, worauf sie lautlos durch das hohe Gras in den Wald zurückzukriechen begann.

Aber indes man hinter dem Waldrand bereits aufatmete, ohne noch zu wissen, ob man die Reiter beobachten oder sich in den Schutz des Waldes davonmachen sollte, verlor das Lamm, da es seine Herrin nicht mehr sah, die Sicherheit des Daseins und begann, mit kläglichem Rufen, nach dem Dorf zurückzukehren, wo es seinen Stall und die Vertrautheit seines Lebens wusste.

Vielleicht wäre es gut gewesen, wenn Michaels Mutter ihrem Sohn früher gesagt hätte, dass sie müde sei und nun gern an dem Ort ausruhen möchte, den er ihnen ausgesucht habe. Denn obwohl er nun ihre Bitte vernahm und auch das Hastige ihrer Worte nicht überhören konnte, blieben seine Augen doch unablässig auf das sich langsam entfernende Lamm gerichtet. Dann nickte er Christoph zu, wies ihm noch einmal mit der Hand die einzuschlagende Richtung, legte Rinderhorn und Ledertasche ab, behielt aber die Schleuder bei sich und verschwand dann in den Büschen des Waldrandes, sich zurück zur Straße wendend, als habe er wohl überlegt, dass an dieser Stelle des Waldes kein Lebenszeichen mehr erblickt werden dürfe.

Der junge Christoph hat später berichtet, dass in diesem Blick Michaels, mit dem er ihm seine Aufgabe zugewiesen habe, etwas Besonderes gelegen habe, das er mit seiner ungeschickten Sprache nicht ausdrücken könne. Doch könne er so viel sagen, dass dieser Blick sehr ernst gewesen sei, dass hinter diesem Ernst aber auch eine leise Fröhlichkeit und eine leise Trauer gestanden hätten. Es sei der alte Michael in diesem Blick gewesen, wie sie ihn alle gekannt hätten, aber neben ihm habe sozusagen schon ein neuer Michael gestanden, den niemand noch gekannt hätte. Und anders könne er es eben nicht sagen.

Es geschah nun alles schnell vor ihrer aller Augen. Zur selben Zeit, als Michael, hinter der äußersten Waldspitze hervorlaufend, dem Lamm den Weg abzuschneiden suchte, setzten sich hinter dem Dorfrand die drei Reiter in Galopp. Sie waren weit entfernt und ihre Pferde wohl nicht die ausgeruhtesten, aber das Lamm machte Michael viel Mühe, und auch als er es gefangen und über die Schultern gelegt hatte, behinderte es seinen Lauf, und man konnte sehen, dass er stolperte, während er den Waldrand zu erreichen suchte, der seitwärts von den Verborgenen an die Heide stieß.

Hier geschah es, dass König Christoph, in der Voraussicht des Kommenden, seine Beherrschung verlor und, die Hände um die Lippen gelegt, »Lass los!« schrie. Aber auch wenn der Fliehende den Ruf gehört haben sollte, so war es ihm wohl auf keine Weise möglich, hier gehorsam zu sein, denn als er, nochmals zurückblickend, die Verfolger als die Schnelleren erkannte, blieb er plötzlich stehen, dem Feinde zugewandt, ließ das Lamm von den Schultern gleiten, hielt es mit beiden Armen an die Brust gedrückt und erwartete nun das Kommende.

Die Reiter, mit Amt und Sorge eines Hirten wahrscheinlich wohlvertraut, schienen auch, als sie ihn erreicht hatten, keinen Spion oder verkleideten Soldaten in ihm zu vermuten und hatten wohl nur, zuerst mit unverständlichen Worten und dann mit deutlichen Gebärden, verlangt, er solle das Lamm als eine willkommene Beute vor den Sattel eines von ihnen auf das Pferd legen.

Doch hatte Michael sich geweigert, war zurückgetreten, ihren zugreifenden Händen auszuweichen, und schließlich, als einer der Reiter mit einem Fluch den Säbel aus der Scheide gerissen und erhoben hatte, hatte Michael das Lamm zur Erde gleiten lassen, die Schleuder ergriffen und den ihn Bedrohenden wahrscheinlich zwischen die Augen getroffen, sodass er rücklings vom Pferde gestürzt war.

Dann hatte ein Lanzenstich ihn durch die Brust getroffen und ihn über das Lamm geworfen, über das er, mit schwindenden Sinnen, die geöffneten Arme gebreitet hielt.

Sie hatten dann den bewusstlosen Kameraden auf sein Pferd gehoben, hatten das Lamm unter dem Toten hervorgezogen, es über den Sattelknopf gelegt, und waren dann langsam, den Schwankenden zwischen sich, zurückgeritten, wobei sie sich ab und zu umgeblickt hatten, ob aus den dunklen Wäldern nicht ein Rächer oder Verfolger hinter ihnen her sei.

In der Abenddämmerung hatten Christoph und sein Sohn den Toten geholt, auf einer Bahre aus Ästen, wie ehemals sein Vater aus dem Walde heimgebracht worden war. Sein Gesicht war friedlich, von einem stillen Lächeln erhellt, und nur um die erloschenen Augen stand ein strenger Ernst, als weise er noch aus dem Tode Vorwurf und Mitleid als ungehörig zurück. Seine Mutter kniete neben ihm, ohne Tränen, und wischte mit ihrem Kopftuch den schmalen roten Strich behutsam fort, der zwischen seinen geschlossenen Lippen stand.

Am nächsten Tag schon zogen einige Truppen durch das Dorf, und hinter den Wäldern stand der Donner der Kanonen auf, als ein dumpfer Ring, der sie nun umschloss und behütete.

Er war auch noch nicht gewichen, als sie Michael auf dem Friedhof des Dorfes begruben. Da der Pfarrer, von einem Säbelhieb vor der Kirchentür getroffen, nicht hatte kommen können, hielt der Lehrer Elwenspök nach alter Sitte der Landschaft die Totenrede. Er begann mit der hellen und tapferen Stimme, die sie alle, Erwachsene und Kinder, an ihm kannten, aber schon nach den ersten Sätzen war es, als zerbreche etwas in seiner Brust, vor die er plötzlich die gefalteten Hände hob, und er sprach so leise, als stehe er vor einem Schlafenden statt vor einem Toten.

Es sei nicht das Vaterland gewesen, sagte er, für das dieser junge und adlige Mensch gefallen sei, nicht der Kaiser und nicht ein Thron oder Altar dieser Erde. Sondern er sei für das Lamm des armen Mannes gefallen, von dem in der Bibel geschrieben stehe. Und in diesem Lamm des armen Mannes seien nun allerdings alle Vaterländer und Kronen dieser Erde beschlossen, denn keinem Hirten dieser Welt könne Größeres beschieden sein als der Tod für das Ärmste seiner Herde.

In diesem jungen Leben sei auf eine herrliche Weise gewesen, wozu die andern siebzig und achtzig Jahre zu brauchen pflegten: der Kampf, die Liebe und der tapfere Tod. Und er selbst, als ein alter Mann, bekenne an diesem Grabe, dass die späte und milde Sonne seines Abends ihm von diesem Kinde gekommen sei. Das deutsche Land aber, über dem nun die dunkle Wolke des Krieges und der bitteren Not ohne

Erbarmen stehe, könne von Gott nicht zum Untergange bestimmt sein, nachdem derselbe Gott in die Ärmsten und Geringsten dieser deutschen Erde eine Seele gelegt habe, wie sie in diesem jungen Hirten geleuchtet und gebrannt habe. Und nichts anderes könne er beten an diesem jungen Grabe, als dass die Seele dieses Toten allezeit über dem Dorfe wie über dem ganzen Vaterland leben möge. Dann werde, in fernen kommenden Zeiten vielleicht, es von selbst sich fügen, dass das Wesen solcher Seele alle Länder durchdringen und dazu helfen werde, die Herrschaft dessen aufzurichten, der das Lamm Gottes genannt worden sei.

Es war nicht verwunderlich, dass Christoph, als der König des Dorfes, über dessen Tod weinte, der ein Helfer seines Ruhmes gewesen war. Dass Adam, mit gänzlich verzweifelten Augen, in das Grab dessen starrte, der allein ihm hätte zeigen können, wie ein schweres und gefährliches Leben zu bezwingen sei. Aber dies war allen seltsam und fast unbegreiflich, dass Laban aus dem Nachbardorf wie ein Verlorener an dem Grabe stand und mit zitternden Händen Erde auf die Stirn seines Bezwingers streute. Es war nicht zu vermuten, dass eine späte Reue über einen Kinderhass ihn erfüllte, und es mochte wohl so sein, dass hier ein Gemeinsames des Amtes und Schicksals auch ihn umfasst hatte, ein Gemeinsames des Ruhmes vielleicht dazu, und dass er in dem Toten nun ein Stück seiner selbst sah, eines schweren und geringen Lebens, das vom Schicksal zuerst ergriffen wurde, wenn es die harten Augen auf den Frieden eines armen Dorfes warf.

Es ist dann der Krieg noch mehrmals über die Landschaft hin und her gegangen. Er hat Felder umgewühlt und Häuser zu Asche gebrannt. Er hat auch die Feldsteinmauer des Friedhofes übereinander geworfen und sein rotes, glühendes Licht in das Dunkel aufgerissener Gräber geschleudert. Aber er hat das einfache Holzkreuz nicht berührt, das zu Häupten Michaels aufgestellt worden ist und das nach dem Willen des Lehrers Elwenspök die Worte trägt:

MICHAEL / EINER WITWE SOHN

Der brennende Dornbusch

Auf den westlichen Hängen des Bayerischen Waldes lebte viele Jahre vor dem Großen Kriege ein Mann namens Niederlechner. Er war Großknecht auf dem Berghofe, ein breiter, schwerer und stiller Mensch, nicht unfroh in seinem Wesen, aber von einer gedämpften Traurigkeit, als hätte er ein Geliebtes verloren oder nach vielem Suchen aufgegeben, einen bestimmten und schönen Weg zu finden. Er war arm an Gütern und Wünschen, und wenn der Hof mit Kindern und Gesinde zum Markt oder zur Kirchweih fuhr, blieb er gern als Einziger zurück, saß unter den Linden vor dem Tor, wo der Blick in die erschlossene Ebene niedersteigen konnte, oder am Herdfeuer in der Küche und las in der schweren Bibel, auf deren erstem Blatt die Namen seiner Vorfahren in ungelenken Buchstaben standen, oder spielte leise und langgezogen auf seiner Harmonika. Er liebte seine Pferde wie junge Brüder, hatte einen gezähmten Star in seiner Kammer und zwei Mäuse, die von seiner Hand aßen, schaffte vom Aufgang bis zum Niedergang der Sonne und konnte aus dem stillen Gehäuse seines Lebens nur ausbrechen, wenn ein Unrecht an Wehrlosen geschah, an einem Kind, einem Trunkenen oder einem hilflosen Tier. Er war geachtet in allen Höfen der Landschaft, und wenn sich ein vorlauter Spott an das Ungelenke seiner Gestalt oder Sprache haftete, so kam er von den jungen Knechten oder Mägden, aber auch er verstummte, sobald sie ihn an der Arbeit sahen, bei der Pflege seiner Tiere, in der Kirchenbank oder vor der Weihnachtskrippe, vor der er die Knie beugte wie ein Kind, die schweren Hände vor der Brust gefaltet und die dunklen Augen über ein Land gesenkt, das niemand sah, aber das schön sein musste, weil es einen großen Frieden entzündete auf seiner gefurchten Stirn. So trug er zehn Jahre seines stillen Lebens auf dem Berghof dahin, auf und ab schreitend zwischen Saat und Ernte, bis zu jenem Abend, an dem die spärlichen Kirchenglocken im Bayerischen Wald den Großen Krieg einläuteten. Da ließ er den Schleifstein von der Sense sinken, mit der er den kümmerlichen Roggen auf dem Berghang geschnitten hatte, und lauschte. Die Abendsonne stand noch über der dunstigen Ebene und warf den Schatten seiner schweren Gestalt bis an den Rand der mageren Wälder hinauf. Er war der einzige Schnitter auf allen rötlich bestrahlten Hängen, und es war ihm, als stießen die Wellen aller läutenden Glocken allein gegen seine unbewehrte Brust. Er nahm den breiten Hut ab, wie es sich vor dem Glockenklang gehörte, aber er betete nicht. Er wusste, was dies bedeutete. Er sah in der Tiefe auf den Höfen die Menschen sich zusammendrängen wie Vieh vor dem Gewitter. Er sah Radfahrer über das dünne weiße Band der Straße jagen. Er hörte Rufe und Hundegebell. Ein warmer und blauer Himmel war darüber gespannt wie über einen vergänglichen Irrtum, aber der Knecht sah diesen Himmel nicht. Er sah nur den Himmel aus Erz, der sich aus dem Gedröhne der Glocken langsam zusammenschob, ein tieferes, düsteres Gewölbe, das die Sonne begrub, die Wärme, den Wind, den Geruch der Ähren und des Brotes. Die Hand, mit der er das Eisen der Sense hielt, begann ihn zu brennen. Er drückte den Stiel in die Erde und trat zur Seite. Nun waren sie das einzig Aufrechte in den geernteten Feldern: die Sense, deren Schneide rötlich glänzte, und die dunkle, schwere Gestalt, die nun den Hut mit beiden Händen vor die Brust hielt. Es bewegte sich nichts in seinem Gesicht. Es wurde weder erleuchtet noch verdunkelt. Es war ein Gesicht, das so still war wie unter der Predigt. Und erst als das Läuten erstarb und nur noch ein einzelner Ton nachgeklungen kam, mit einer besonderen Deutlichkeit und Mahnung, seufzte er auf, dass es fast ein Stöhnen zu nennen war, und gab nun erst den versperrten Weg zu seinem Antlitz frei, sodass es sich plötzlich verfinsterte und gleichsam mit Leid bedeckte, wie vor dem Anblick eines sterbenden Tieres. Dann zog er die Sense aus dem Feld und stieg, ohne sich umzusehen, den Weg zum Hofe hinunter.

Er nahm nicht teil an der Leidenschaft, unter der das Land erbebte, weder an der Freude der beiden Söhne, die am nächsten Morgen vor dem Hoftor standen und noch einmal wie junge Sieger den Zurückbleibenden winkten, noch an den Tränen der Bäuerin oder der schweren Feierlichkeit des Bauern. Nur als die roten Plakate kamen und am Hoftor angeschlagen werden sollten, weigerte er sich, das zu tun, und erst in der Dämmerung, als das Feuer im Hause erloschen war, schlich er heimlich vor die Blätter, die wie Blut aussahen und stand lange grübelnd vor den schwarzen Buchstaben, mit denen der Landsturm aufgerufen wurde. Es war ein schweres und feierliches Wort für ihn, mit einer finsteren Drohung gefüllt wie die Drohungen des Alten Testaments, und es mochte wohl von diesen schweren Worten geschehen sein, dass das mühsam gerahmte Bild seiner Welt zerbrach und er die Arme hilflos unter die Sterne hob.

In der gleichen Nacht noch verschloss er die Bibel und seine Harmonika auf dem Boden seiner Holzkiste, und als der Tag kam, an dem er, als ein Vierzigjähriger, sich stellen sollte, war sein Lager in der Kammer unberührt und kein Zeichen da, wohin und in welcher Gesinnung er den Hof verlassen haben mochte. Die ganze Landschaft trug voller Zorn seine Schande. Selbst die Hirtenjungen, die oben auf den Bergheiden das Vieh hüteten, durchspähten Busch, Graben und Höhle, und nach acht Tagen stieg eine Landwehrpatrouille die Hänge herab, mit blitzendem Bajonett auf den altertümlichen Gewehren, und vor ihr, die Hände mit einem Koppel verschnürt, ging der Geflohene, ein gebeugter Mensch, Fichtennadeln im zerwühlten Haar, Risse in Haut und Kleidern.

Schmähung geleitete ihn von Hof zu Hof, von Dorf zu Dorf. Selbst die Kinder, mit Holzsäbeln und Papierhelmen, schrien ihm seinen Schimpf ins Gesicht, und obwohl die Landwehrmänner, unsicher und nicht ohne Verlegenheit bei diesem ihrem Kriegshandwerk, die Menge zurückdrängten, konnten sie doch nicht verhindern, dass eine alte Bäuerin, die fünf Söhne zu den Fahnen geschickt und auf diese Weise Ruhm in der ganzen Landschaft erworben hatte, den Gefesselten ins Gesicht schlug und voll böser Verachtung vor ihm ausspie. Da schlug der Misshandelte zum ersten Mal die Augen auf, deren nicht zu messende Trauer nun jedermann erblickte, und sagte leise: »Schlage nicht, Bäuerin, sonst wird Gott dich schlagen, wie er mich geschlagen hat.« Von diesem Wort wurde noch lange in der Landschaft gesprochen, als in dem Haus der Bäuerin schon drei Kreuze in der Bibel standen, eines für Polen, eines für Belgien und eines für die Vogesen, und als der Landsturmmann Andreas Niederlechner nach schimpflichen Monaten schon lange in den flandrischen Gräben stand, die Augen in den brennenden Horizont gerichtet, aus dem das Mündungsfeuer der Schiffsgeschütze wie aus einem Höllenspalt brach.

Er schien ein Soldat wie alle anderen: ein Bauer, der schwer und langsam durch den Krieg wie über seinen Acker ging, der Furche auf Furche durch die Zeit pflügte, sich zur Ruhe wendete, zum Postenstehen, zur Schlacht. Nur zweierlei war anders: dass er keinen Urlaub erhielt und auch nicht beantragte, und dass er niemandes Kamerad war. Zwar wechselte er ab und zu ein Wort mit seiner Gruppe, an der Feldküche, im nächtlichen Graben, auf dem Marsch. Aber jedes Gespräch über Krieg und Frieden, über die Heimat, über Gott oder die Frauen traf auf sein erloschenes, versteintes Gesicht, glitt ab und fiel in ein bedrücktes Schweigen. Nur im Schlafe hörte man ihn mitunter stöhnen, und manchmal sah man ihn bei der Leiche eines Gefallenen, Freund oder Feind, die Hände vor der Brust gefaltet und regungslos in das graue fremde Gesicht starrend, auf dem die Schatten des Todes bläulich lagen. Niemand bemerkte, dass die Mündung seines Gewehres immer um ein Weniges über die Stirnen der Feinde hinausgerichtet war, dass seine Handgranaten hinter den Graben fielen, dass seine Feldflasche immer leer, seine Verbandpäckchen immer verbraucht waren.

Niemand bemerkte auch, dass er in einem Häuserkampf am Rand eines Dorfes über eine Stacheldrahtrolle stolperte und der Schuss seines Gewehres, vorzeitig gelöst, die Stirn eines jungen Franzosen traf, der seinen Stahlhelm verloren hatte und dessen Haar die Farbe reifenden Weizens trug. Die brüllende Woge wälzte sich über den Toten hinweg und ließ ihn auf den Steinen zurück, zwischen deren Fugen Gras wuchs, das sich an seine Wange schmiegte und sich leise zu röten begann. Aus dem vielfach zerklüfteten Herbsthimmel fiel eine gelbe Dämmerung in das Gesicht des Toten, häufte ein blasses Gold auf sein Haar und ließ ihn wie einen schlafenden Knaben erscheinen, am Ufer eines Baches etwa oder am Rande eines Ackers, über den die hohen Abendwolken gehen und der blaue Rauch der Hirtenfeuer.

Bis zur Dunkelheit kniete Andreas auf den Steinen und starrte auf die kleine graue Höhlung in der Stirn des Toten. »Stehe auf und wandle!«, betete er. Aber nur der Wind spielte mit den Schläfenhaaren, und unter den Augen dunkelten die Scharten immer tiefer. Da öffnete er den blauen Waffenrock, nahm die Erkennungsmarke und ein silbernes Kreuz vom Hals des Toten, umfing ihn dann mit seinen Armen und trug ihn vom Dorfrand hinweg bis zum Rande eines zerwühlten Gehölzes. Dort, unter einer zersplitterten Eiche, grub er mit seinem kleinen Spaten ein schmales Grab, wickelte den Toten in eine Zeltbahn und bettete ihn wie ein Kind in der finsteren Kühle der Erde. Bevor er das Grab verließ, stand er lange und sah sich um, unter den Sternen des Himmels wie unter den Umrisslinien der Landschaft, bis er alles eingegraben hatte in den Grund seiner Seele.

In dieser Nacht verließ Andreas Niederlechner den Krieg. Auf Fragen und Drohungen, im Lazarett, vor dem Kriegsgericht, im Gefängnis hatte er keine andere Antwort als das leise: »Gott will es nicht mehr ...« Er blieb ein demütiger, gehorsamer Mensch, und selbst die Seelen derer, die vom Kriege besessen waren, mussten sehen, dass hier anderes geschah als das Übliche der Feigheit, der Auflehnung, der Verstocktheit.

Das Leben des Knechtes aber, soweit es nach innen in das Unsichtbare ging, veränderte sich seit der Stunde unter dem Abendhimmel. Immer ging einer neben ihm her in der Härte der Tage, saß bei ihm in den grauen Abenddämmerungen, lag neben ihm auf der harten Pritsche, sorglich zugedeckt mit der dünnen Wolldecke: ein blonder Knabe, ein brüderlich ihm zugewendetes Gesicht, ein kindliches Lächeln, eine schamhafte Scheu. »Nun werden sie pflügen, Jan«, sagte der Knecht und lauschte auf den Frühlingswind, der an die Gitter stieß. »Nun holen sie die Tanne aus dem kleinen Wald, Jan, und bleiben stehen und sehen sich um, ob wir bald kommen.« – »Nun bereden sie, wer die Glocken läuten wird, Jan, wenn der Frieden kommt.« Er sah das Antlitz neben sich lächeln oder nicken oder mit ihm hinauslauschen in die Nacht, über der die Sterne kreisten und durch die der Schritt der Posten eintönig ging. Und bevor er einschlief, schloss er die Hand um das silberne Kreuz und empfing die Kühle eines fremden Lebens, das den Schlaf eratmete an seiner Brust.

Er fuhr heim, als der Krieg erlosch. Es war nun alles anders als bei seinem Auszug, und die jungen Burschen empfingen ihn wie einen Helden, der vor Jahren das Ende schon vorausgesehen und einem rasenden Gespann in die Zügel gefallen war. Doch kehrte er wortlos zu seinem Hofe zurück, wo die beiden Söhne gefallen waren und man ihn mit verlegenem Dank empfing. Zu seinen Pferden und seiner Holzkiste, seinem Acker, den der Schnee begrub, seiner Weihnachtskrippe, vor der er tiefer die Knie beugte als je zuvor. Im Frühjahr heiratete er eine junge Magd, deren Sinn dumpf und zuzeiten leise verwirrt war, erwarb eine Hütte mit ärmlichem Feld, auf der Höhe der Berge abseits gelegen, und kniete vor der nächsten Weihnachtskrippe mit seinem ersten Sohn, in dessen blonden Schläfenflaum der

Kerzenschimmer sich fing und den er gegen allen Einspruch des alten Pfarrers Jan-Isaak taufen ließ.

Das Haar an den Schläfen des Knechtes war schon grau, als er seinen Sohn über die Taufe hielt, aber trotzdem verflocht sich von diesem Tage ab sein Lebensbaum auf eine seltsam innige Weise mit dem jungen Reis seines Kindes. Es war ein stilles, gedankenvolles Kind, das unter dem weiten Himmel wie eine verlorene Blume aufwuchs, zu der die Tiere des Waldes kommen, der Tau und der Wind. Es trug die Dumpfheit aus dem Blute seiner Mutter und den schweren Ernst aus dem väterlichen Teil, aber beides war zu einer sanften Güte verwoben, die sich mitunter in einem Lächeln erschloss, auf das der Knecht mit scheuer Verwunderung blickte. »Friedensfürst ...«, sagte er einmal, als das Kind über den gepflügten Acker zu ihm heraufgestiegen kam, ein Brot in der einen Hand und eine weiße Aster in der andern, beides vor sich hertragend wie einen heiligen Schrein. »Friedensfürst müsstest du heißen, Jan ...« – »Ja«, antwortete das Kind und sah ihn ohne Verwunderung an, wie ihm alles unantastbar war, was der Vater sagte oder tat. Auch wenn der Knecht seine seltsame Zeit hatte, wunderte das Kind sich nicht. Am Weihnachtsabend, wenn die wenigen Lichter an der kleinen Tanne erloschen waren, ging Andreas in seine Kammer, legte Waffenrock und Stahlhelm an, Koppel und Schanzzeug, schulterte das Gewehr, das er auf dem Heuboden verborgen hielt, und ging von Mitternacht bis zum ersten Hahnenruf vor seinem Hause auf und ab, den Blick in die Ebene gewendet, über der die hohen Sterne langsam stiegen und fielen. Wenn es zu Ende war, seufzte er tief aus seiner Brust, legte sein Kriegsgewand ab und streckte sich leise neben seinem Kinde aus, mit dem er das Lager teilte. »Wartest du, Vater?«, fragte das Kind, als es zehn Jahre alt war. Andreas erschrak. »Ja«, erwiderte er dann, »Friedensfürst soll kommen.« – »Er kommt«, sagte das Kind nach einer Weile und legte die Wange an des Vaters erstarrte Hand.

Die Zeit ging mit Samen und Ernte. Die Bäume, die Andreas gepflanzt hatte, gaben Schatten. Sein Haar wurde grau bis über den Scheitel. Seine Schultern beugten sich, und wenn er im Herbst die Kartoffelsäcke in den Keller trug, stand Jan in einem Winkel des Hofes, den blonden Kopf an die Stallmauer gelehnt, und sah mit einer traurigen Liebe in den Augen zu, wie der schwere Schritt unter der Last sich beugte. »Du musst einen Knecht nehmen, Vater«, sagte er am Abend. »Solange bis ich groß bin.« Sie standen im Garten, als er das sagte, und Andreas hatte den Arm um den Apfelbaum gelegt, der eine einzige Frucht in diesem Jahre trug. Andreas sah seinen Sohn lange an. Dann hob er die Hand in die Zweige und brach den roten Apfel vom Stiel. »Nimm«, sagte er. »Iss ihn zu meinem Gedächtnis, Jan ...«

An diesem Abend stieg er den Berg hinunter, zu dem alten Pfarrer, der Jan eingesegnet hatte. Lange saß er in dem hohen und feierlichen Raum, denn die Worte kamen ihm langsam von den Lippen. Das Licht der Studierlampe fiel auf das silberne Kreuz und die Erkennungsmarke, die dunkel geworden war von dem Schweiß der Arbeit, in dem er sie auf seiner Brust getragen hatte, fast zwei Jahrzehnte lang. Aber die Schrift war deutlich zu lesen, hell auf dem dunklen Metall, und noch einmal dunkel auf dem weißen Blatt, auf das der Pfarrer sie übertrug. Ja, der Pfarrer wollte schreiben, und der Bauer sollte nun seinen Frieden finden. Nicht viele mühten sich so um die Sühne menschlichen Leides. Andreas nickte nur, bedankte sich und ging. Bis an das Hoftor geleitete ihn der alte Mann. Vor der Adventszeit kam die Antwort, und Andreas ließ sich auf der Landkarte den Ort zeigen. Es war das westliche Belgien und nicht mehr als eine Tagesreise von dem Dorf entfernt, wo das Grab unter der Eiche lag.

Als sie die Pässe hatten, schlugen die Bergleute schon Holz im Bergwald. »Gehen wir fort, Vater?«, fragte Jan ohne Verwunderung.

»Ja, nach Frankreich, wo der Krieg gewesen ist ... da ist ein Grab, zu dem ich muss.« Die Mutter verstand nur, dass sie fortgingen. Sie wusste nicht, was Frankreich war, legte Wäsche und Essen zurecht und schlug das Kreuz über sie, als sie über die Schwelle gingen. »Kehre noch einmal um, Jan«, sagte Andreas, bevor er das Tor öffnete, »und küsse sie noch einmal ... sie war niemals allein in ihrem Leben.«

Jan gehorchte ohne Zögern. »Nun wollen wir nach Frankreich gehen«, sagte er, als er wiederkam.

Es wäre eine schwere Fahrt gewesen ohne des Vaters Augen. Aber zwischen allem Dunklen, Dumpfen und wirr Vorübertreibenden stand unbeweglich der stille Schein in ihrem vorwärtsgerichteten Blick, ein von innen aufsteigendes Leuchten, über das die Leute sich verwunderten und zu dem das Kind zurückkehren konnte aus jeder Fremdheit der Landschaft, der Gespräche, der Menschendinge und -meinungen.

»Etwas Schönes ist es, Vater, ja?«, fragte es, als schon die fremde Sprache sie umgab und sie sich enger zusammendrängten wie vertriebenes Getier in einem fremden Stall. »Gutzumachen ist etwas«, erwiderte Andreas und legte den Arm um des Knaben Schulter, »und helfen musst du, wie du wolltest, als ich die Säcke trug ... Friedensfürst soll nun kommen ...«

Das Kind nickte, als verstehe es auch dieses, und wie in den Weihnachtsnächten legte es die Wange an des Vaters harte Hand.

Es dämmerte, als sie in dem fremden Dorf ausstiegen. Schnee lag auch hier, und durch die Lücken der Häuser sahen sie die bläuliche Ebene, auf der die schweren Höfe lagen, tiefe Dächer unter entlaubten Pappeln, und das Geflecht niedriger Hecken, zwischen denen die schmalen Wege von Hof zu Hof führten.

»Streuvels«, sagte Andreas und hob die Pelzmütze vor einem der Männer, die vor einer Schenke standen. »Pieter Streuvels ... ein Bauer ... wo ist es?«

Sie traten näher, erstaunt, und begannen in einer fremden Sprache zu fragen. »Streuvels«, wiederholte Andreas nur, mit Sorge in seinem schweren Gesicht, »Pieter Streuvels ...« Sie holten einen jungen Menschen aus der Schenke, der in einem umständlichen Deutsch nach ihren Wünschen fragte. »Streuvels? Ja, natürlich«, sagte er fröhlich, fasste Andreas beim Arm und zeigte zwischen den Häusern auf einen der Höfe, der dunkel und schwer unter dem hellen Abendhimmel lag. Pieter Streuvels, ein großer Mann, ja, aber mit viel Kummer, seit sein einziger Sohn verschollen sei im Kriege. Ob er sie hinführen solle? Andreas dankte. Das sei nicht nötig. Nur mit der Sprache, das habe er nicht bedacht. Zum Advent, habe er gedacht, da gäbe es keine Fremdheit der Sprachen. Da lächelte der Fremde, wie er die ganze Zeit mit fröhlichen Augen um die fremden Gesichter gegangen war und meinte, dass es da keine Sorge gebe, denn Pieter Streuvels sei drei Jahre ein Kriegsgefangener bei einem deutschen Bauern gewesen, aber wenn er trotzdem mitkommen solle ... er hätte nur gedacht, es seien Verwandte, vom Rhein vielleicht, wo auch Streuvels säßen ... »Ja«, sagte Andreas und gab ihm die Hand, »richtig hast du es gesagt ... Verwandte, so ist es auch. Und nun danken wir dir schön für deine Hilfe.« Zwischen den niedrigen Hecken gingen sie dem Hofe zu. Dem Knaben war es feierlich zumute, weil der Vater seine Hand hielt und er sich nicht erinnern konnte, dass es daheim jemals so gewesen wäre. Vor seine Augen schoben sich die dunklen Linien der heimatlichen Berge, und es war ihm aufgelöst und seltsam in diesem Lande zumute, wo alles weit und verloren dalag, eine losgebundene Erde, wo die Wege kein Ende hatten und die Bäume steil und schlank in die Höhe stiegen, bis unter die ersten sich entzündenden Sterne. Auch blieb der Vater mitunter stehen, mit versagendem Atem, als leide er Schmerzen, und blickte zu dem hohen Himmel auf, über den gelbe Farbbänder gespannt waren, zwischen denen es wie dunkle Schluchten lag, und Kälte und Weglosigkeit drang aus ihnen und das eisige Flimmern der ersten Sterne. Und vor dem Hoftor nahm er die Mütze ab und hielt sie mit beiden Händen vor die Brust, wie er in der Kirche daheim zu tun pflegte, wenn der Pfarrer das Vaterunser sprach. Es war nichts zu sehen als ein gelber Lichtschein hinter niedrigen Fenstern, und sie klopften vergeblich an verschlossenen Türen, bis eine dunkle Stimme von innen etwas Fremdes rief. Da traten sie ein, wobei Andreas den Knaben an der Schulter sanft vor sich hin über die Schwelle schob.

Es war nun schon eher wie auf den großen Höfen in der Heimat: dunkles Holz an den Wänden und ein Herdfeuer in der Ecke, Bänke und ein schwerer Tisch, Teller auf Wandregalen, eine Lampe auf einem zweiten runden Tisch, Knechte und Mägde, Schnitzwerk und eine Alte über einem Spinnrad, und über allem als ein leuchtendes Wunder ein rötlicher Stern, vielfach gezackt, von einem unsichtbaren Licht erhellt, der unter der Balkendecke unbegreiflich schwebte, als sei ein Himmel über die Stube gespannt, wie über eine heilige Familie, die hier Rast gemacht habe inmitten einer lauten Welt, bevor sie sich wieder aufmachte zu ihrer Flucht nach Ägyptenland.

Es war das Erste, worauf sie schweigend starrten, das Kind mit geöffneten Lippen, blond und schmal vor der schweren Gestalt des Vaters, an dessen Brust es seinen Scheitel vergessen lehnte, und dieser selbst die erhobenen Hände um das Fell seiner Mütze gefaltet, erblasst bis in die Lippen und bis in die tiefen Furchen des Gesichtes rötlich beglänzt von dem Schein des Sternes.

Niemand sprach. Für lange Zeit. Das leise Rauschen des Spinnrades war verstummt, der Gang des Schnitzmessers durch das Holz. Nur die Funken knisterten im Herd, und im Luftzug der geöffneten und wieder geschlossenen Tür drehte der Stern sich langsam um sich selbst,

Schatten und Licht nacheinander über die Gesichter legend wie Sonne und Wolken über ein stilles Feld.

Es wäre nun Zeit gewesen für Andreas, etwas zu sagen, aber bevor er die Lippen öffnen konnte, schob die alte Frau das Spinnrad zur Seite und stand auf. So sehr hatte das Alter sie gekrümmt, dass sie nicht größer erschien als beim Kauern über ihrer Spindel. Ihre lichtlosen Augen starrten wie in einen Nebel, der Stock schwankte in ihrer Hand, aber Schritt für Schritt zog das schmale, blonde Gesicht sie zu sich heran. »Jan?«, flüsterte sie. »Is tis Jan?«

Ihre welken Hände tasteten über seinen Scheitel, seine Stirn, seine Wangen. »Is tis Jan?« – »Ja«, sagte der Knabe laut, »ich bin Jan.« Die Bäuerin am Herde begann zu weinen, die Hände vor die Augen geschlagen, als wollte sie das nicht sehen, und der Bauer stand nun auf und kam um den Tisch herum. Auch sein Haar war grau bis an den Scheitel, und auch seine Augen gingen von dem Knaben fort, als wollte er nicht sehen. »Wat is er gebeurd?«, fragte er streng. Da legte Andreas auf den dunklen Eichentisch, was er bei sich führte. Er nahm es aus einem schwarzen Seidentuch, das er zur Konfirmation bekommen hatte und das nun in seinen brüchigen Falten leise rauschte. Zuerst die Erkennungsmarke und dann, nach einem kleinen Zögern, das silberne Kreuz. Er legte sie nebeneinander auf das spiegelnde Holz, und die feine Kette gab einen dünnen, gleichsam verschollenen Klang, bis ihre zarten Glieder sich aneinander legten. Sie standen nun so, dass nur der runde Tisch sie trennte, beide mit grauem Haar, mit gebeugten Schultern, die Hände auf das Holz gestützt, über die die Adern der Arbeit dunkel liefen. Beide starrten sie auf das herunter, was von eines Menschenleben übrig geblieben war, blindes Metall, das klein und verloren vor ihnen lag. »Bauer Pieter Streuvels«, sagte Andreas, und seine Stimme schien hinter vielen Türen hervorzukommen, »ein Bauer bin ich aus dem Bayerischen Wald ... und ich ... ja, ich habe ihn getötet ...«

In dem langen Schweigen war nichts zu hören als das Schluchzen der Bäuerin, die mit der Stirn auf dem toten Leben lag, das Andreas aus dem dunklen Tuch genommen hatte, und deren Schultern und blonder Scheitel er nun zittern sah, in der Mitte zwischen sich und dem andern.

»Ich war es«, fuhr Andreas fort, »ohne Absicht, Gott helfe mir ...
ich wollte nicht Blut vergießen, auch im Kriege nicht ... im Gefängnis
saß ich, weil ich nicht wollte ... so jung war er, unter dem großen
Himmel ... Gras war an seiner Wange, als er starb ... ich begrub ihn,
ich allein, unter einer Eiche an einem Wald, eine Tagereise von hier
... gebüßt habe ich, zwanzig Jahre ... vergib mir nun, Bruder, um
Christi willen.«

Das Feuer knistert durch das schwere Schweigen, und Licht und
Schatten des Sternes gehen über den Scheitel der Frau wie über ein
Weizenfeld. Sie sind alle aufgestanden und haben sich zusammenge-
drängt. Sie verstehen nicht viel, aber sie kennen das Kreuz, und sie
wissen alle, was das andere Metall bedeutet. Der Bauer spricht nur
ein paar Worte, und einmal geht seine Hand ungeschickt über die
Schultern der Frau. Nun richtet sie sich auf und sieht Andreas an. Sie
öffnet die Lippen, und obwohl sie kein Wort formen, weiß Andreas,
was sie sagt. Da greift er noch einmal nach dem schweren Tuch, in
dem noch etwas verborgen ist und schlägt es auseinander. Es ist seine
alte Bibel, und auch hier ist ein silbernes Kreuz in den Deckel gepresst.
Er schlägt das Buch an einem Zeichen auf und legt die schwere Hand
auf die Mitte der Seite. »Das 22. Kapitel«, steht da. Die Buchstaben
sind so groß, dass die beiden es von der anderen Seite des Tisches
lesen können.

»Nun lass mich noch etwas lesen aus dem Heiligen Buch«, sagt
Andreas und blickt einmal über die Schulter nach dem Knaben, der
neben der Großmutter steht. Seine Augen sind groß und wie bei einem,
der Gesicht hat, aber sein Blick drängt sich ohne Bedingung in den
seines Vaters. »Ja«, scheint er zu sagen, »Friedensfürst kommt ...«

»Und er sprach«, beginnt Andreas: »›Nimm Isaak, deinen einzigen
Sohn, den du lieb hast, und gehe hin in das Land Morija, und opfere
ihn daselbst zum Brandopfer auf einem Berge, den ich dir sagen
werde.‹ Da stund Abraham des Morgens frühe auf, und gürtete seinen
Esel, und nahm mit sich zwei Knaben und seinen Sohn Isaak; und
spaltete Holz zum Brandopfer, machte sich auf und ging an den Ort,
davon ihm Gott gesagt hatte. Da sprach Isaak zu seinem Vater Abraham: ›Mein Vater!‹ Abraham antwortete: ›Hier bin ich, mein Sohn.‹
Und er sprach: ›Siehe, hier ist Feuer und Holz; wo ist aber das Schaf
zum Brandopfer?‹ Abraham antwortete: ›Mein Sohn, Gott wird sich

ersehen ein Schaf zum Brandopfer.‹ Und gingen die beiden miteinander ...«

»Mann«, sagte Pieter Streuvels heiser, »was liest du da?«

Aber Andreas sieht nicht auf von seiner schweren Hand, die auf den Buchstaben liegt. »Und als sie kamen an die Stätte«, fährt er fort, »die ihm Gott sagte, baute Abraham daselbst einen Altar, und legte das Holz darauf, und band seinen Sohn Isaak, legte ihn auf den Altar oben auf das Holz. Und reckte seine Hand aus, und fasste das Messer, dass er seinen Sohn schlachtete ...« Andreas schweigt. Er hebt die Augen von dem Buch und sieht die beiden an, die auf der anderen Seite des Tisches stehen.

»Weiter, Mann«, sagte Streuvels heiser, »lies du nun weiter!«

»Da ist nichts weiter«, erwidert Andreas. Für uns geht es nicht weiter.« Und er stützt sich mit beiden Fäusten auf den Tisch und dreht sich langsam nach dem Knaben um. Dessen Gesicht ist weiß geworden bis unter seine Schläfenhaare. Aber sein Blick ist derselbe geblieben, der Blick eines Gläubigen, den sie unter das Kreuz führen ... »Ja, Vater«, sagt er mit seiner hellen, gleichsam besinnungslosen Stimme, »du kannst es nun tun, Vater.« Und er bückt sich und zieht aus dem Stiefelschaft sein Messer mit der festen Klinge, und steht schon am Tisch und will es in Andreas' geschlossene Hand drängen.

Da schreit die Bäuerin auf, so, als müsse sie den toten Sohn noch einmal gebären. Es ist nicht der Schrei eines Menschen, sondern nur der einer Mutter. Sie umschlingt den Knaben. Sie reißt ihn gleichsam aus dem Dasein der anderen heraus und in sich hinein. Sie küsst sein blondes Haar, sie breitet die Hände um seinen jungen Scheitel, nicht als schütze sie ihn gegen Andreas, sondern gegen jeden Mann der Welt, zurück bis zu dem gläubigen Mörder Abraham. Andreas braucht nun gar nicht zu sagen, dass er das gar nicht gewollt habe. Dass es ein Gleichnis gewesen sei, das seit zwanzig Jahren seine Brust zersprengt habe. Dass er nichts wolle als ihnen seinen Sohn schenken, Jan-Isaak, wie er getauft sei vor fünfzehn Jahren als ein Beweis seiner Buße vor Gott und den Menschen. Nicht verschenken könne man Menschen wie ein Tuch oder ein Glas, sagte Streuvels, aber wenn das Kind ein wenig bleiben wolle, in jedem Jahr vielleicht für eine Zeit, das könne man bedenken. Und zum Schluss sagt er »Bruder« zu Andreas und rückt dem Müden einen Sitz vor das Feuer.

Sie graben den Toten aus. Die Sterne stehen noch am Himmel wie in jener Herbstnacht, das ewig Bleibende über dem Veränderlichen der Landschaft. Die Eiche ist nicht mehr da und der Wald ist über seinen alten Rand gewachsen. Aber Grab und Sterne sind nicht gewandert, und auch Andreas, der dort im fremden Lande steht, unter dem riesigen Gewölbe des fremden Himmels, ist es, als sei er nicht fortgewesen. Als hätten sie hier gewartet, zwanzig Jahre lang, in der Achse der flimmernden Sternenbahnen, das Grab und er, bis das Recht gesprochen würde über Leben und Tod.

Sie haben es so beredet, dass das Kind dableibe für ein halbes Jahr und alljährlich wiederkehre zu ihnen für eine bestimmte Zeit. In der letzten Nacht liegen sie noch wach auf dem Lager, das sie teilen. »Ist es dir schwer, Jan?«, fragt Andreas leise. Das Kind schüttelt den Kopf an seiner Schulter. »Leichter wirst du nun gehen, Vater, ja?« – »Zwanzig Jahre sind abgefallen, Jan … die Fichten im Wald bei uns, weißt du noch? Wenn der Schnee taut und der Stamm wieder gerade wird? So werde ich gehen …« – »War es das, Vater?«, fragt das Kind nach einer Weile. »Friedensfürst kommt?« – »Ja«, sagte Andreas leise.

Andreas will nicht im Käfig der Züge heimfahren. Er braucht einen stillen Weg. Ganz für sich muss er sein. Noch einmal kommt er aus dem Kriege heim, der letzte Soldat, und der Soldat gehört auf die Straßen. So schreitet er quer durch die Eifel über Tag und Nacht auf den Rhein zu. Frost und Nebel liegen über den Bergen, aber in den Nächten ziehen die hohen Sterne auf. Meisen rufen an seinem Weg, die Nadeln knistern im Fichtenwald, mitunter kommt ein Wind hinter ihm her und braust im Gewölbe der Wipfel. Meile auf Meile bleibt hinter seinem Fuß. In seiner Seele ist Frieden. Wie eine Glocke trägt er sein ruhiges Herz über die Berge und durch die Täler. Mitunter rührt etwas an ihrem schwebenden Rand, ein abendliches Licht aus einsamem Gehöft, ein Wind, der die Wipfel streift, ein Wort, das er mitnahm aus dem fremden Haus. Dann schwingt ein Ton in ihm auf, breitet sich aus und erstirbt. Kein Schmerz ist da, keine Wehmut, kein Bedauern, kein Stolz.

Ein Mann, der heimgeht von einem Gericht, wo er gegeben und empfangen hat. Der eine Waage vor sich her trägt, deren Schalen steigen und sinken.

Aber einmal wird er zu Hause sein und die Waage auf den Tisch seines Hauses stellen. Und dann wird Ruhe zwischen den Schalen sein, ein ausgewogenes Recht, und der tiefe Schlaf vor einem neuen Werk.

Karl-Maria Guth (Hg.)

Dekadente Erzählungen

HOFENBERG

Karl-Maria Guth (Hg.)

Erzählungen aus dem Sturm und Drang

HOFENBERG

Karl-Maria Guth (Hg.)

Erzählungen aus dem Sturm und Drang II

HOFENBERG

Dekadente Erzählungen

Im kulturellen Verfall des Fin de siècle wendet sich die Dekadenz ab von der Natur und dem realen Leben, hin zu raffinierten ästhetischen Empfindungen zwischen ausschweifender Lebenslust und fatalem Überdruss. Gegen Moral und Bürgertum frönt sie mit überfeinen Sinnen einem subtilen Schönheitskult, der die Kunst nichts anderem als ihr selbst verpflichtet sieht.

Rainer Maria Rilke Die Aufzeichnungen des Malte Laurids Brigge **Joris-Karl Huysmans** Gegen den Strich **Hermann Bahr** Die gute Schule **Hugo von Hofmannsthal** Das Märchen der 672. Nacht **Rainer Maria Rilke** Die Weise von Liebe und Tod des Cornets Christoph Rilke

ISBN 978-3-8430-1881-4, 412 Seiten, 29,80 €

Erzählungen aus dem Sturm und Drang

Zwischen 1765 und 1785 geht ein Ruck durch die deutsche Literatur. Sehr junge Autoren lehnen sich auf gegen den belehrenden Charakter der - die damalige Geisteskultur beherrschenden - Aufklärung. Mit Fantasie und Gemütskraft stürmen und drängen sie gegen die Moralvorstellungen des Feudalsystems, setzen Gefühl vor Verstand und fordern die Selbstständigkeit des Originalgenies.

Jakob Michael Reinhold Lenz Zerbin oder Die neuere Philosophie **Johann Karl Wezel** Silvans Bibliothek oder die gelehrten Abenteuer **Karl Philipp Moritz** Andreas Hartknopf. Eine Allegorie **Friedrich Schiller** Der Geisterseher **Johann Wolfgang Goethe** Die Leiden des jungen Werther **Friedrich Maximilian Klinger** Fausts Leben, Taten und Höllenfahrt

ISBN 978-3-8430-1882-1, 476 Seiten, 29,80 €

Erzählungen aus dem Sturm und Drang II

Johann Karl Wezel Kakerlak oder die Geschichte eines Rosenkreuzers **Gottfried August Bürger** Münchhausen **Friedrich Schiller** Der Verbrecher aus verlorener Ehre **Karl Philipp Moritz** Andreas Hartknopfs Predigerjahre **Jakob Michael Reinhold Lenz** Der Waldbruder **Friedrich Maximilian Klinger** Geschichte eines Teutschen der neusten Zeit

ISBN 978-3-8430-1883-8, 436 Seiten, 29,80 €

9 783743 741102